EL DELICADO UMBRAL DE LA TEMPESTAD

Cuestiones de un general inglés

NARRATIVAS HISTÓRICAS

JORGE CASTELLI

EL DELICADO UMBRAL DE LA TEMPESTAD

Cuestiones de un general inglés

EDITORIAL SUDAMERICANA
BUENOS AIRES

Diseño de tapa: María L. de Chimondeguy / Isabel Rodrigué

IMPRESO EN LA ARGENTINA

Queda hecho el depósito
que previene la ley 11.723.

Humberto I° 531, Buenos Aires.

www.edsudamericana.com.ar

ISBN 950-07-2007-8

A Susana Arozarena.
A Máximo, a Emilio y a Gerardo, por supuesto.
Y a Claudia, que me devolvió a la luz.

¡Oh, si la memoria y el pensamiento
se extinguiesen en mí,
para no recordar lo que hice!

W. SHAKESPEARE

INTRODUCCIÓN

¿Qué decir cuando se ha entregado el honor? ¿Qué palabras emplear para describir aquello que, por otra parte, el mundo no tiene interés alguno en escuchar?

La victoria no requiere preguntas. La derrota, en cambio, está colmada de reclamos e interrogantes, pero las correspondientes respuestas son siempre insignificantes y avaras: la explicación real sobre mi fracaso al intentar la captura de la ciudad de Buenos Aires, sería juzgada en tal caso —y no lo dudo— como algo enteramente falto de sentido.

He traicionado a Inglaterra. He traicionado a mi Rey. En menos de cuarenta y ocho horas he traicionado a todas aquellas banderas que supe enarbolar a lo largo de mi vida. Se me preguntará, pues, cómo resulta posible que no esconda la mirada al enfrentarme con los espejos. Muy sencillo: he traicionado a todos, excepto a mí mismo. Tal vez un poco tarde he comprendido que lo único cierto es aquello que anida en lo más profundo del corazón. El resto, por importante que sea, se torna pequeño.

He asumido todas las responsabilidades y he cargado con las lógicas consecuencias precisamente por eso: porque resolví que la verdadera moral no está en no traicionar sino en no traicionarse. Puede parecer lo mismo, pero con certeza no lo es.

Finalmente, he de decir que la única subordinación valedera es a la propia conciencia. A riesgo de reafirmar la condición de traidor que los hechos me han impuesto, he decidido, después de tantos años de fidelidad a la Corona, que mi conciencia es más valiosa que la mismísima Gran Bretaña. Y justo es reconocer que pocas decisiones me han depositado a la vez ante tanta tranquilidad y ante tanto perjuicio.

NOTAS (1)

"Buenos Ayres en este momento forma parte del Imperio Británico."

Fragmento de la nota "Captura de Buenos Ayres", publicada en el periódico *The Times*, Londres, 13 de setiembre de 1806, página 2.

I

Londres, enero de 1809.

Soy ahora lo suficientemente libre como para decir que usted, almirante Ashley, es uno de los pocos amigos que me han quedado en este mundo; tal vez el mejor, tal vez el único amigo que me ha quedado. Después de las acciones del Río de la Plata, después de la pérdida de Buenos Aires y de Montevideo y, por sobre todo, después del proceso librado en mi contra y de la posterior e inevitable condena, casi nadie se atreve a escribirme, casi nadie se atreve a visitar esta casa. Como buen militar, usted bien sabe que los derrotados deben aprender a convivir con la soledad, deben vérselas con ella a diario por el simple hecho de no haber obtenido éxito. Y esto, almirante, ocurre no sólo con las guerras y sus pormenores y derivaciones; esto ocurre con la vida: los fracasados —calidad humana aparte— cargan con el estigma del repudio solapado o frontal. La soledad desciende de la derrota como el agua del cielo durante las tormentas.

Yo sabía estas cosas, yo conocía estas cosas aún antes de rendir mi ejército en aquellas lejanas tierras del sud, aún antes de entregar mi sable al enemigo y a la humillación.

No es mi caso en nada similar al del brigadier Beresford, quien capituló en ese mismo lugar después de batirse con enorme valentía, cuando ya no le quedaba nada a qué recurrir. Yo, en cambio, arrié las banderas sin haber agotado ni mis reservas ni mi honor ni mi suerte. Y eso no se perdona. Y digo que está bien que eso no se perdone.

Beba ahora un poco de brandy, almirante Ashley. Tome esta copa, por favor. Bebamos por Su Majestad y por Inglaterra, amigo mío, más allá de lo que Su Majestad e Inglaterra signifiquen en la realidad. Después del brandy voy a narrarle aquello que no conté durante el juicio, aquello que pude callar hasta hoy, aquello que nadie sospecha: la verdadera causa por la cual Buenos Aires no fue reducida a polvo; la verdadera causa de la rendición, casi la mitad de mi ejército aún intacto y parte de la flota en condiciones de cañoneo sobre una ciudad que, créame, no hubiese contado con oportunidad alguna.

Un general no tiene amigos, bien lo sé; un general sólo tiene subordinados y camaradas, superiores y familia. Pero yo soy ahora un ex militar degradado y aborrecido. Y en cuanto a usted, almirante, se ha retirado del servicio con todos los honores, después de su hidalga conducta en Trafalgar. Podemos decir sin temores, pues, que somos amigos; podemos hablar, pues, con entera libertad.

Pero ahora bebamos, Ashley. Aquí, junto al fuego, en estos sillones de cuero posiblemente sudamericano, en esta tarde tan fría y tan británica, su fiel amigo, John Whitelocke, lo invita a beber a la salud de todos los fracasados de la Historia.

II

Desconozco su opinión al respecto, Ashley, pero a mi simple entender, existen varias clases de oficiales. Digo aquí los oficiales de rango superior, los comandantes. De entre esas varias clases, sin embargo, hay tres que destacan oponiéndose entre sí como los vértices de un triángulo.

Por un lado, el oficial clásico, cuyos valores únicos son la obediencia y el coraje; para él no hay otra cúspide más allá de lo aprendido en la escuela militar: la obediencia y el coraje. Por otro lado, está el aventurero, el hombre ansioso y apasionado que vive tratando de ver más allá de la línea del horizonte, aquel que goza con la audacia propia y con los caudales ajenos. Ésta es una raza minoritaria que, por lo común, suele tener a la suerte y al populacho de su parte.

Pienso que la chusma prefiere a los aventureros —siempre y cuando resulten exitosos, claro está— porque los aventureros ejemplifican como nadie el modelo del héroe. Los políticos, en cambio, eligen con frecuencia al oficial clásico, ya que éste acostumbra a resguardarles las decisiones y los tesoros sin preguntas ni asomos insolentes.

Aunque muchos no alcancen a percibirlo así, yo creo que el comodoro sir Home Popham es una excepción, una mezcla notable —y aparentemente contradictoria— de ambos tipos de oficial. Veo, por el modo en que usted sonríe, que comparte mi opinión. Pero ya hablaremos del comodoro Home Riggs Popham.

Ahora, en cuanto a la tercera clase de oficial de rango, digo que en modo alguno desdeña los valores de la obediencia y el coraje. Obediencia y coraje, Ashley, son justificación para la carrera militar en cualquier parte del mundo decente. Yo mismo he sido siempre partidario de la disciplina sólida. Pero esta clase de jefe carga un peso del que otros carecen; esta clase de jefe remite a veces hacia su propio interior y encuentra dos asuntos: el uso de la razón y la existencia del albedrío libre. Momento crucial, mi querido Ashley: el oficial, el hombre de mando, el comandante de un ejército, puede hallarse ante la duda. Según me enseñaron en la Academia Militar de Lochee, la duda y la debilidad son hermanas de sangre; según me enseñaron en la Academia Militar de Lochee, sólo Dios y el Rey están por encima de la obediencia. Y también, según me enseñaron con británica insistencia en la británica Academia Militar de Lochee, la duda es el preámbulo de la cobardía.

A usted y a mí, almirante, los años y las experiencias en combate nos han otorgado el lujo de otra perspectiva: dudar no sólo es posible sino a veces necesario y hasta inteligente.

¿Qué otra cosa más que la inteligencia aplicó usted

como comandante de la Real Flota durante la batalla de Avlone? No se alarme, por favor, los detalles finos no son cosa que se haya comentado: sus oficiales de entonces fueron prudentes y leales.

Yo lo supe, o mejor dicho, lo supuse, después de haberlo pensado durante mucho tiempo, porque a usted lo conozco bien, y respeto y admiro su modo de actuar. Y no olvide que también, como usted, soy un buen jugador de ajedrez.

Recuerdo las órdenes del Almirantazgo de la época: "Eliminar todo vestigio francés que surque los mares". Durante estos años he reflexionado: si usted hubiera hundido sin titubear aquella última nave enemiga en Avlone; si usted, después de mandar a pique aquellas dos fragatas y aquellos tres bergantines, no hubiese rodeado con la flota al navío mayor —precisamente la nave capitana— y lo hubiera bombardeado a fuego incesante hasta desbaratarlo y hundirlo; si usted, estimado Ashley, no hubiese dudado ni un instante y hubiese seguido sus órdenes a rajatabla, habría perdido una gran nave como trofeo de guerra y habría desperdiciado en el mar sesenta y cuatro cañones, infinidad de enseres navales y una tripulación entera. Quiero decir y digo: un acto de absoluta inutilidad.

Pero usted dudó, Ashley. Y su duda derivó en un suceso cruzado por la inteligencia: no exigir la rendición del francés para no contrariar las órdenes del Almirantazgo. Esperar. Esperar un poco. Sencillamente esperar, con sus doce barcos rodeando y asfixiando al solitario navío rival, dándole tiempo al capitán enemigo para pensar: un suicidio glorioso pero irrelevante con su barco y su gente, o una honrosa capitulación bajo la más adversa de las situaciones. ¿Era aquel francés sin rostro un hombre sensato, un sabio jugador de ajedrez?

Sonríe usted vagamente, Ashley. Y su sonrisa no hace sino sellar mis afirmaciones. De modo que le ruego no niegue lo que ahora digo: imagino su íntima satisfacción, almirante, al ver izada la bandera blanca a popa de la nave enemiga, después de algunos minutos. "Eliminar todo vestigio francés que surque los mares", a menos, naturalmente, que tal vestigio presente rendición previa. Esas leyes de guerra no escritas y a menudo contradictorias: no está bien visto que se bombardee una plaza después de su capitulación. De manera, Ashley, que su victoria fue total, y ello sin torcer la voluntad de Londres y sin inútiles derramamientos de sangre.

Lo sé: éstas no parecen las palabras de un soldado; éstos no parecen los pensamientos de alguien que ha servido a la Corona durante tantos años con vocación y con fidelidad. Hay nobles espíritus, patrióticos espíritus que se ofenderían con el sólo hecho de imaginarlos, ¿no es así? Para aquellos pulcros sentimientos sobre el honor, no existe ninguna clase de sangre enemiga derramada inútilmente. Esas gentes cargan más rigor en sus oídos que en sus almas.

Pero veo que esta conversación lo ha turbado un poco. Serénese, Ashley; serénese. Estamos solos. Solos, usted y yo, sin orejas militares en la cercanía. Y yo me siento en condiciones de reclamar el derecho a la duda. No hablo de cobardías sino de dudas; esto es: humana y momentánea falta de certeza absoluta. Pregunto, ¿en qué lugar de los Cielos o de la Tierra escribió Dios algo sobre la obligación de la certeza absoluta? ¿En qué academia militar, Ashley?

El capitán francés no fue tonto, y bien podríamos ahora brindar a su salud con un poco de brandy. Él, como usted, supo dudar a tiempo para luego tomar, a mi juicio, la correcta decisión.

Yo también debí vérmelas, en su hora, con un francés nada tonto, allá en el Río de la Plata. Y yo también dudé, almirante, pero no sólo de las acciones y decisiones propias de la guerra, sino que dudé de todo: de mi papel como comandante militar, de mi papel como hombre, de mi papel en el mundo. Dudé, estimado Ashley. Y, aunque con resultados bien diferentes a los suyos, por mi sangre que no me arrepiento de haber dudado.

III

Después de una vida dedicada a surcarlos, conoce usted los océanos a la perfección. ¡Vaya descubrimiento! Por supuesto que conoce usted bien, almirante, la calidad del humor de los océanos, sus altas marejadas y sus quietudes repentinas. Mal podría entonces yo osar explicarle algo precisamente a usted sobre la conducta de las aguas; eso si la mala fortuna no me hubiese puesto ante la obligación de navegar el río de la Plata. Desearía ahora hablarle de aquel lugar que ciertamente no fue concebido por la obra de Dios.

Le ruego que imagine un mar. No será tarea difícil: hasta donde dan los ojos, en cualquier dirección que usted elija, ni una pizca de tierra. Un mar, pero de agua dulce; un mar, pero no azul ni verde ni gris de tormenta sino marrón. Algo que los mapas no saben traducir con fidelidad. Un río, almirante.

"John Whitelocke, no hay ríos así", podría usted indicar con evidente lógica. Pero los hay. El río de la Plata es eso: un océano diferente y endemoniado con abruptas bajamares, inesperados bancos de arena cercanos a las costas, brumas ideadas sólo para desventaja de los navegantes. Y algo más: aquello que los lugareños llaman la "suestada". La suestada no es sino un temporal bravo, con fuertes vientos que soplan desde el sudeste contra la corriente, y que levanta una pleamar que lo sorprendería. Pero además, aparte de esa lluvia que parece no querer ceder nunca, la suestada trae olas de nivel inaceptable para la cordura, ello si se piensa que hablamos de un río. Pregunte usted al comodoro Popham su opinión sobre la suestada y verá cómo cambia la expresión en el rostro de nuestro amigo. Ya conoce usted lo que le ocurrió al bueno de sir Home en aquel río, ¿verdad, almirante? Fue la suestada, precisamente, la que acudió en auxilio del tal Liniers, al partir éste de la Colonia del Sacramento para reconquistar Buenos Aires, cuando Buenos Aires estaba aún bajo bandera británica y en manos del brigadier Beresford.

Anoticiado Popham de los planes del francés, dirigió buena porción de la flota hasta las puertas mismas de la ciudad oriental, con el objeto de evitar el cruce del río por parte del enemigo. Trabajo fácil: un ejército entero echado a pique apenas embarcado, Buenos Aires a salvo, un triunfo más en las vitrinas del comodoro. Pero llegó la suestada, con sus vientos y su oleaje y sus remolinos, y los grandes navíos de nuestra flota debieron acudir a las anclas y al inmovilismo, so riesgo de naufragio. El francés, como ya dije, no era nada tonto y conocía a la perfección, además, el comportamiento del río. De modo que esperó el momento de creciente máxima, el punto cumbre de la tormenta y, con barcos menos pesados y más veloces que los nuestros, se escurrió, de noche, con más de mil hombres, entre los navíos y las fragatas de la Real Armada. Los marinos de Popham, imposibilitados para accionar posiciones de fuego, vieron, absortos, cómo pasaba el enemigo en medio de la lluvia y el viento, sin presentar combate, rumbo a Buenos Aires. El resto usted ya lo conoce, pero es bueno pensar que sin aquel fenómeno de la naturaleza, la zona, tal vez, hoy seguiría siendo británica.

Otro caso extraño ocurrido en aquel extraño río fue la desventura que debieron enfrentar los hombres de una de nuestras cañoneras, cuando, ante una repentina bajamar, la nave quedó varada en la arena de la costa, casi frente a la ciudad.

Aunque decir arena, Ashley, es no decir nada, porque no es precisamente arena lo que sedimenta en esas costas del diablo, sino un fango compacto y decididamente lúgubre.

Por supuesto, no fui testigo directo del episodio de la cañonera, así como tampoco del fracaso del comodoro Popham frente a la Colonia del Sacramento: en esos meses me hallaba yo aún al frente de Carisbroke, en la isla de Wight, sin tener sospecha alguna sobre lo que el destino estaba reservándome. Pero los dos acontecimientos me fueron luego referidos por voces distintas y desde las más variadas direcciones, de manera que me siento en condición de dar fe sobre la veracidad de ambas historias.

Lo de Popham, además, fue deslizado al paso en la corte marcial que se realizó en su contra, una farsa de la que ya hablaremos.

Ahora bien, con respecto a nuestro barco encallado en la costa, no poseo capacidad suficiente, lo reconozco, como para sospechar la incredulidad en los rostros de la tripulación al ver su nave rodeada por jinetes. ¿Puede usted creerlo? Un puñado de hombres a caballo, armados algunos con fusiles, sí, pero otros con simples lanzas y hasta con piedras atadas con cuerdas que revoleaban por encima de sus cabezas; hombres gritando, furiosos, pura canalla sin linaje aunque irresistiblemente heroica.

Dicen que hubo un intercambio de disparos, pero que todo terminó cuando alguno de los atacantes, portando improvisadas antorchas, amenazó con echarle fuego al barco desde tierra, comenzando por el casco y la quilla.

En su vasta experiencia, ¿había usted oído de semejante acción de guerra? No creo que exista antecedente alguno en toda la Historia: una nave tomada al abordaje por un grupo de caballería.

Una vez en cubierta, la canalla orientó, como es obvio, al saqueo de lo que encontrara al paso. Cuentan que hubo alguien, posiblemente el jefe de la partida, a quien los demás llamaban teniente Weme o Wemes, que, en lugar de dedicar su ahínco al pillaje como los otros, se empleó, con una fogosidad y una certeza digna de mayores causas, a cortar con su sable cuanto cabo, soga, correaje, cuerda y amarra tuviera la desgracia de cruzar su camino. Y cuentan que cada vez que su sable despachaba un cabo, una soga, un correaje, una cuerda o una amarra, tal evento era acompañado por un grito del hombre, vivando a su patria. Si la mitad de lo que cuentan es cierto, y si aún sigue con vida y logra mantenerla, poseo la certeza de que semejante personaje, loco y valeroso, en algún momento va a dar que hablar.

Ése es, almirante, en fin, el Río de la Plata: un lugar

por muchos motivos del todo adverso para las operaciones de tipo militar. Así lo dejé expresado durante el desarrollo de mi corte marcial. Por supuesto, me refería a los tres puertos principales y a sus habitantes, pero, créame, cuando lo dije también pensé en el río; en el río en sí mismo.

No soy diestro en agorerías porque descreo de tales embustes. Sin embargo, no puedo evadir la sensación de que aquellas aguas cargan algo malo en sus entrañas, un destino funesto, una cosa que no sé definir. Ese río va a llevarse muchas vidas, no lo dude. No me pregunte cuándo ni de qué manera sucederá, pero el río más ancho del mundo cuenta con todas las características para convertirse en una inmensa tumba de lodo y aguas marrones.

IV

Lo cierto es que tengo una historia para usted. De más está decir que confío absolutamente en su lealtad; no deseo que los detalles de esta conversación salgan algún día a la luz. Y no lo deseo porque sé que nadie, dentro del universo militar o fuera de él, aceptaría esos detalles como válidos. La gente haría de mí el ridículo, más aún de lo que lo ha hecho hasta ahora. ¿Puede usted imaginarlo? "Whitelocke, el traidor, el incapaz, el cobarde, tuvo además motivos íntimos, extremadamente personales, que culminaron en el fracaso de la gran empresa. Ese hombre debería haber sido fusilado". La luz de un marginado es escasa y se halla muy comprometida con la sombra. No hay espacios disponibles.

El mismo día que rendí mis tropas en la ciudad de Buenos Aires, decidí que la única explicación para el mundo sería la explosiva energía desplegada por los defensores. Ninguna otra palabra, fuera de ésa, saldría de mis labios.

Así lo hice, incluso durante el desarrollo de mi corte

marcial en el hospital de Chelsea. "Nos encontramos con un país completamente hostil. No esperábamos hallar tanta resistencia". Dije eso una y otra vez a todo aquel que prestara sus oídos. La explicación, en parte, era cierta: la resistencia a la invasión fue salvaje, mucho más cerrada que en nuestros peores cálculos. Pero le garantizo, almirante, que no fue la real causa del fracaso. Un ejército de casi diez mil hombres entrenados es capaz de vencer cualquier tipo de resistencia, por encarnizada que ésta pudiera resultar. La real causa del fracaso, almirante, se halla dentro de la historia que usted va a escuchar a continuación.

Una mujer, un niño y un enorme desconcierto con respecto a la índole de mis deberes deben ser colocados en el origen de esa historia. Y la campaña del Río de la Plata debe ser colocada en el final.

NOTAS (2)

"...Con la promesa de tan rígida protección a la religión establecida del país y al ejercicio de sus leyes civiles, el general (Beresford) confía en que todos los buenos ciudadanos se le unirán para mantener en calma y en paz la ciudad, ahora que pueden gozar de un libre comercio y de todas las ventajas del intercambio comercial con Gran Bretaña, donde no existe ninguna opresión y que, según él entiende, es lo único que desean las ricas provincias de Buenos Aires y los habitantes de América del Sud en general, para hacer de ella el país más próspero del mundo..."

Fragmento de la carta del comodoro sir Home Riggs Popham al Almirantazgo inglés. Buenos Aires, martes 8 de julio de 1806.

V

Pero no es posible hablar del Río de la Plata sin recurrir al comodoro Home Riggs Popham, una de las piezas clave de esta historia. Aunque hay algo seguro: no fue la única pieza.

Reemplazado por el contraalmirante Sterling, quien quedó a cargo de la flota en el sud ni bien se conoció la noticia de la caída de Beresford, el comodoro partió rumbo hacia nuestro país para enfrentar una corte marcial, por el hecho de haber marchado sobre una plaza sin órdenes superiores.

Recordará usted que, en un principio, se pretendió la idea de que el plan, las idas y venidas de Popham por el Ministerio de Guerra y por los pasillos del Almirantazgo, sus encuentros con el venezolano Miranda, con Pitt, con Melville, fueron sólo el producto de su afiebrada ambición. No fue así, Ashley, y afortunadamente lo sabemos. En un principio, insisto, se pretendió la idea de que la primera intervención de la fuerza británica en el Río de la Plata fue el resultado de una simple aventura del comodoro.

Tengamos en cuenta que allí, el nuevo gabinete liberal (ya sin Pitt, ya sin Melville, ya sin Castlereagh) supuestamente recibió, a través de una simple carta de Popham, la noticia de que una flota inglesa, sin órdenes de Londres, había zarpado del sud de África para apoderarse de Buenos Aires. Si lo que digo es cierto, y los anteriores funcionarios miraron hacia otro sitio, grande debe haber sido la sorpresa y grande también la indignación del flamante primer ministro Granville.

Pero cuando, al cabo de unos meses, se supo que la plaza se había conquistado sin mayores esfuerzos, y cundió la euforia entre el pueblo y, por sobre todo, entre los comerciantes ante la eventual apertura de nuevos y amplios mercados, el Almirantazgo aplacó sus furias contra el comodoro y hasta culminó aprobando sus conductas.

La prensa también cumplió su parte, analizando las bondades del resultado de la expedición militar, siempre bajo la lupa de las conveniencias mercantiles. *The Times* y, por supuesto, *The London Gazette* se ocuparon minuciosamente de difundir los múltiples beneficios de contar con Buenos Aires como parte del Imperio.

Pero los contravientos del destino son impredecibles, Ashley, y el tronar de los cañones suele alterar los planes más seguros. La capital del virreinato fue recuperada por los españoles en corto tiempo. Beresford cayó. Y con la caída de Beresford en Buenos Aires, sir Home Popham regresó, a ojos del Gobierno, a su anterior posición de villano de la historia.

Pero Popham, inevitablemente, ya era —y lo sigue siendo— un hombre muy popular, un marino muy querido por el vulgo. Bastará mencionar aquello que usted mismo me narró casi con asombro: las reiteradas muestras de simpatía y los aplausos que recibió el comodoro por parte de la multitud reunida en Portsmouth, una vez conocida que fuera la sentencia de su juicio.

Londres, que nunca se caracterizó por su debilidad, sabe, sin embargo, que no es conveniente condenar a los héroes, ya sean éstos reales o ficticios. De manera que por causa de Dios o de la política —tiendo a pensar aquí en una mayor influencia de los políticos— la corte marcial que tuvo a su cargo el juzgamiento de Popham descorrió los telones y permitió el ingreso de una parte de la claridad.

Estuvo usted presente en ese juicio, de modo que resultaría vano entrar en detalles conocidos; pero permítame mencionar que la sola presencia en el estrado de lord Barham y del propio lord Melville en calidad de testigos lo dicen todo.

En sólo cinco días, la corte de guerra (veloz para no emitir desaconsejables veredictos de tono impopular) dejó probado que Popham simplemente se limitó a llevar a cabo un proyecto concebido con anterioridad. Y si esta sentencia alcanzaba a rozar el nombre de Pitt, eso no era, al fin, asunto de gran importancia, ya que, al momento del juicio, Pitt llevaba un año de muerto.

Todo el caso, hasta mi llegada como jefe máximo de la segunda intervención armada a Buenos Aires, quedó sin chivos emisarios a la vista. El Ministerio de Guerra movió magistralmente sus piezas y la supuesta responsabilidad de un ataque sin órdenes militares escritas se diluyó como neblina. Sir Home Popham sólo recibió una leve reconvención por sus actos y los burócratas de turno se ubicaron, una vez más, fuera del fracaso.

Pero no hay que olvidar aquí a los comerciantes de la

ciudad de Londres, quienes, a los pocos días, y en un acto para mí sin precedentes, honraron a sir Home con la entrega de una espada enjoyada, ello como tributo por su hazaña y como suerte de compensación por la reprimenda que recibiera en la corte marcial. Si hasta las gentes del Lloyd's deslizaron comentarios favorables al comodoro. Un héroe, almirante.

Mi caso, naturalmente, fue menos sencillo. A luz de ojos ajenos, al fin, Popham quedó como un militar capaz y hasta temerario, y yo como un inepto y un cobarde. Llevo la peor cosecha, según está claro. El comodoro, por su parte, continúa en filas de la marina y con seguridad seguirá haciendo una gran carrera. John Whitelocke, en cambio, es, acaso prematuramente, un viejo muerto y sepultado.

Analizaremos los casos, si usted así lo considera. Ambos debimos enfrentar cortes marciales. Pero el juicio a Popham fue breve y quedaron en él, según usted mismo está en condiciones de atestiguarlo, varios puntos oscuros. Mi consejo de guerra se llevó treinta y cuatro extensas jornadas. A Popham se le castigó con una reprimenda, y a mí se me deshonró, se me degradó y se me expulsó del ejército. Incluso mi nombre fue leído como ejemplo de inconducta ante todos los regimientos militares británicos. A procederes, cargos y culpas diferentes corresponderán, pues, penas diferentes, podría alegarse, no sin lógica. Pero entonces, la pregunta cae como un rayo: ¿qué es más grave para la justicia militar, Ashley? ¿Un error de apreciación sobre las posibilidades finales de una victoria de guerra, o la lisa y llana insubordinación de hacerse a la mar con un ejército sin órdenes de la superioridad, aún con la existencia de planes previos?

Sé bien que lo mío no fue un vago error de apreciación ni lo de Popham una simple aventura de desobediencia militar. Todo fue mucho más complejo. Pero ésas son y serán las versiones oficiales sobre nuestros casos. El gusto que ronda en el paladar no es dulce, almirante. Simplificando términos, la moraleja resultante es poco promisoria: disfrácese el asunto como se lo disfrace, aquí la Justicia consideró una grave insubordinación menos importante que una derrota en el campo de batalla. Repugnante, Ashley; sencillamente repugnante.

Mi teoría: Popham salvó finalmente su pellejo y su honor, en primer lugar porque terminó siendo un héroe para el populacho, pero además porque nunca actuó por cuenta propia, nunca decidió por sí mismo levar anclas del Cabo de Buena Esperanza y caer sobre Buenos Aires. He aquí uno de los puntos más oscuros de esta trama. Y es el verdadero nudo del asunto. No negaré, Ashley, aquello que ya ha sido demostrado: la existencia del memorial que le solicitaran Pitt y Melville, detallando el proyecto total. Tampoco colocaré en duda el empeño cierto del comodoro en capturar nuevas colonias para Su Majestad. Pero sí diré que Popham, alocado, inquieto, aventurero, amigo de los arcones cargados de joyas y tesoros, no es hombre capaz de armar semejante empresa a su sola cuenta y riesgo y a espaldas de Londres. Nadie podrá convencerme de que, a pesar de ciertas apariencias y de ciertas realidades sobre su carácter, el comodoro se distingue antes que nada por su coraje, pero también por su sentido final de obediencia. Sus pensamientos (digo aquí sus pensamientos de un supuesto vuelo superior, que sí los tiene) poco cuentan en este caso. Y todo ello conforma la mixtura completa para el

Almirantazgo y para los burócratas. En el mundo militar, los Popham son, ante todo, imprescindibles. Porque, y vayamos de una vez a la clave del tema, Popham es un fanático. Y si no se entiende esto, Ashley, no podrá entenderse nada: un enfermizo fanático de Inglaterra. Allí anida la araña.

¿Recuerda aquellas palabras del propio almirante Collingwood, hace ya varios años? "Popham es un hombre invadido por hormigas, tanto en su cabeza como en su culo". Creo que es una definición casi perfecta: Popham es incapaz de estarse quieto y es también incapaz de dejar de pensar, pero ese pensar, siempre con la bandera inglesa como fondo, encuentra inevitablemente un límite: la superioridad del Almirantazgo.

No puedo ver en el comodoro, aún con su tenacidad y su inquietud permanente, a alguien capaz de desafiar casi con una bofetada a los ministros y a las autoridades de la guerra.

No estoy negando, entiéndame bien, Ashley, la sagacidad de Popham: simpático y locuaz en los ámbitos correspondientes, tiránico e inflexible cuando las circunstancias así lo exigen. Su foja de servicios, que usted conoce, está poblada de méritos en tareas diversas: educado en Westminster y en Cambridge, hidrógrafo en las costas de África, encargado de buques mercantes en la India, perito en transporte y desembarco de tropas, astrónomo, diplomático (el propio zar de Rusia lo nombró caballero) y hasta ocupante de una banca en el Parlamento representando a los conservadores. Y todo ello antes de su incursión a Buenos Aires. Impresionante. Un hombre de múltiples facetas. Un talentoso. Pero, insisto, incapaz de llevar por sí mismo a cabo una empresa de tal envergadura como la toma del Río de la Plata, sin el secreto visto bueno de Londres. Porque... Ashley... una cosa es ser impulsivo y otra bien distinta es colocarse ante la boca de los cañones.

Aunque no exista modo alguno de probarlo, no puedo sino imaginar un inteligente aprovechamiento de las inquietudes de Popham por parte del entonces primer ministro William Pitt y de Henry Melville, primer lord del Almirantazgo. Casi logro escuchar las enfervorizadas palabras de Popham, discutidas previamente con su amigo, el venezolano Miranda, pretendiendo convencer a sus superiores de la conveniencia de una incursión al Río de la Plata y de allí al continente todo.

Nada de conquistas, sino un ingreso como libertadores del yugo español. Salvadores, no enemigos. Podríamos hasta garantizar una declaración de independencia. Respetaríamos propiedades, cargos principales y religión. Eso sí, destacaríamos algunas unidades en las cercanías de la ciudad, sin molestar a los habitantes, como prevención contra cualquier intento de reacción peninsular. Y por supuesto, abriríamos el comercio a entera libertad, con todas sus ventajas para aquellas lejanas tierras y para nuestras industrias. ¿Quién, ante semejante oferta, podría rechazarnos? Y no olviden, señores, que Buenos Aires es importante puerto de ingreso hacia el resto de la América del Sud.

Dentro de mí estoy viendo ahora los rostros de Pitt y de Melville, dejándose convencer blandamente por el comodoro. Habrán escuchado con placer en boca de otro hombre sus propios planes. Pero algo ocurrió. Piense usted, que estos supuestos aunque casi seguros encuentros, deben haberse llevado a cabo, sospecho, entre inicios y mediados de 1804. Y allí, si bien parecía inevitable, la guerra con España aún no había estallado. De manera que, conociendo al primer ministro Pitt, aunque éste considerara tentadora la propuesta (siempre habría alguien a quien culpar si se fracasaba) debe haberse negado a concretarla. Aplazar el plan hasta que los españoles fuesen enemigos declarados. Y recién allí, en ese caso, darle el gusto al loco de Popham y proceder entonces sobre las colonias, obteniendo todos los beneficios en caso de triunfar.

Como usted bien recordará, la impostergable guerra contra España se declaró a fines de 1804. Pero allí surge un nuevo y grandioso inconveniente: Napoleón comienza a concentrar sus tropas en Boulogne, frente al Canal de la Mancha. Doscientos mil hombres. Voy a repetir la cifra en voz alta porque ni yo mismo puedo aún creerlo: doscientos mil hombres. Un fenomenal ejército dispuesto a avanzar y a tomar Inglaterra. Es notorio que, ante tamaña amenaza, todos los recursos humanos y de guerra se colocarían al servicio de evitar la invasión.

Los planes de Popham —y los de sus verdaderos y escondidos mentores— quedaron allí, pues, reducidos a polvo. Si la memoria no falla, y ruego me corrija si así es, para éstas épocas el comodoro será destinado al puerto de Plymouth.

Sospecho la tristeza que embargaría al desarbolado corazón de nuestro amigo: la situación europea, la intervención de Rusia intentando mediar entre ingleses y españoles, y ese miserable de Napoleón Bonaparte queriendo adueñarse del mundo, un mundo que casi por designio divino si a alguien debía pertenecer sería a la Gran Bretaña; sólo y exclusivamente a la Gran Bretaña, que por algo fuimos, somos y seremos superiores al resto.

¿No se siente en capacidad, Ashley, de escuchar los pensamientos de Popham en aquel momento?

Pero las hormigas del comodoro no le permitirían quedarse quieto durante muchos días, lejos de sus ampulosos contactos londinenses y de sus planes. Alguien debe haberle comentado (o tal vez fue llamado por el propio Pitt, ¿cómo saberlo?) que las colonias holandesas del Cabo de Buena Esperanza estaban mal fortificadas y casi deseando ser embestidas. No olvidemos, Ashley, que Holanda era aliada de Francia, con lo cual el círculo podía cerrarse sin inconvenientes.

Mi sospecha es que Pitt y Melville acceden de inmediato a las nuevas ideas de conquista de Popham, no sin mencionar nuevamente el Río de la Plata. Trafalgar —y bien que puede usted confirmarlo— frenaría además en poco tiempo los intentos de invasión napoleónica a nuestras islas británicas, y el panorama se vería ciertamente más despejado. Mi sospecha, Ashley, es el armado de una gran farsa, en la cual se colocaba a Popham como cabeza visible por si algo no llegaba a salir del todo bien. Claro que el Cabo de Buena Esperanza era una presa apetecible en sí misma, como que significaba paso obligado hacia la India, lugar caro a nuestros sentimientos y a nuestras alforjas.

Conjeturo entonces que Pitt, conociendo de memoria la obsesión del comodoro por Buenos Aires, debe haberlo desalentado para una intervención sobre América después de la segura toma del sud de África. Invocando posiblemente razones de estado, Pitt habrá nombrado al zar de Rusia, quien, a pesar de la guerra ya declarada, solicitaba el no accionar inglés contra posiciones españolas, con el objeto de quebrar la línea París-Madrid y de atraer finalmente a esta última a la coalición formada contra Francia. Y allí, precisamente allí, Ashley, el zorro de Pitt habrá deslizado, muy solapadamente por cierto, que si aun así, el comodoro persistía desde el Cabo con sus planes sobre Buenos Aires, él no tendría forma de evitarlo.

Son sólo sospechas, repito. Y no hay modo de probarlas. Pero también repito, almirante, que descreo de la solitaria decisión de Popham sobre aquel primer desembarco en Buenos Aires.

Si estoy en lo cierto, algunos detalles menores deben haberse arreglado con rapidez. Es posible que los términos de la carta enviada al Almirantazgo, por ejemplo, escrita en Cabo de Buena Esperanza, firmada por el comodoro Home Popham y fechada en abril de 1806, hayan sido perfilados por el propio Pitt durante aquella reunión, unos meses antes. En esa carta —debe usted recordarla porque la misma se exhibió en la corte marcial— Popham declaraba su decisión de no seguir sin actividad en una plaza ya conquistada y que, sin más, partía a realizar operaciones militares en el Río de la Plata. *La escuadra que tengo el honor de dirigir no puede quedarse invernando en False Bay...*, decía. Esta nota resultaba fundamental, porque quitaba toda responsabilidad al gobierno inglés y la descargaba sobre las espaldas de un solo hombre.

Creo que hubo también otra carta, de similar tono y características, enviada por el brigadier Beresford al Ministerio de Guerra. En todo caso, partes de la misma comedia.

Lo que pienso, de ser verdad, debe haber alertado al

comodoro sobre la simpleza de la ecuación: éxito, igual a laureles para él, sí, pero más que nada para Pitt y el Almirantazgo; fracaso, igual a desobediencia de Popham. Pero una cosa es cierta: el diccionario del comodoro no incluye la palabra fracaso. Aún con el juego completo de Pitt sobre la mesa, Popham no habrá vacilado. Su sueño de ver ondear el pabellón inglés en Buenos Aires —y de paso, alzarse con unos buenos caudales— podría concretarse al fin.

Pregunta para cronistas y para futuros estudiosos de estos acontecimientos: ¿Por qué el general David Baird, jefe supremo de la incursión militar a Buena Esperanza, escucha al alucinado de Popham y le cede hombres y armas para su aventura?

No basta una respuesta que comprenda la ambición de riquezas por parte de Baird (fue, eso sí, a la postre, quien mayor cantidad de dinero obtuvo de los tesoros españoles capturados en Buenos Aires, aun más que el propio Popham; y ello sin haber puesto un pie en el Río de la Plata). No basta tampoco el seguro conocimiento del general sobre las estrechas relaciones entre sir Home y los más conspicuos miembros del Gobierno. Un jefe, en buen uso de su capacidad y de su lucidez, no arriesga el cuello de manera tan notoria, aún ante la presencia —potencial e incierta, por otro lado— de un gran botín.

Conjeturo que la respuesta debe buscarse (si la totalidad de mi teoría es correcta) por el lado de un sinceramiento de Popham, una detallada explicación sobre las reales y más que secretas intenciones de Pitt.

Habrá meditado Baird en aquel momento sobre el porqué de su desconocimiento de los fines últimos de Londres. Y presumo que puede haber extraído dos conclusiones: a) que las decisiones políticas no siempre pueden ser descifradas, y b) que la cabeza de sir Home Popham no habría llegado a un grado de locura tal como para urdir tamaño embuste.

Con todo, y por las dudas, el general Baird no quiso dejar todos los naipes en manos del comodoro: le concedió más de mil hombres, pertrechos y hasta modernos *schrapnell*, pero ascendió al grado de brigadier a un coronel de su máxima confianza, y le otorgó la conducción mayor de la empresa militar. No será necesario aclarar, almirante, que ese coronel no fue otro más que el irlandés Beresford.

No debe haber caído bien aquel bocado en el estómago de sir Home, sospecho. Pero de cualquier manera, los planes marchaban hacia adelante y el viejo anhelo tomaba forma definitiva. Las proas navegarían hacia el oeste, liberarían las colonias españolas del Plata, el comercio sin trabas se abriría como un estuario por todo el continente e Inglaterra, la añeja y amada Inglaterra, la por siempre invicta dueña de los mares Inglaterra, vería grandemente prolongados sus dominios y sus riquezas, gracias a la tenacidad y a los buenos oficios de aquel patriota, aquel prohombre llamado sir Home Riggs Popham.

Quien no tuvo tanta suerte, Ashley, fue el propio William Pitt: murió en enero de 1806, casi en el mismo momento en que Popham desde el mar y el general Baird desde tierra daban cuenta de las débiles fortificaciones holandesas y de la República de Batavia, en el Cabo de Buena Esperanza.

VI

Popham, Baird, Beresford, Pitt, Castlereagh, Melville. El Cabo, Buenos Aires, Colonia del Sacramento, Montevideo. Una suma de nombres, lugares, fechas, batallas. Nada de eso, al fin y al cabo, importa demasiado ya. Todo pertenece al pasado. Y una de las cualidades del pasado es su condición de inmodificabilidad. Sólo que antes de ponerle un punto final a ese pasado, quiero que usted lo conozca. Pero cierto es que lo único que nos queda no es sino el futuro.

En cuanto a eso, soy un hombre sin nada que esperar, salvo la vejez y la muerte. Tengo las suficientes agallas como para comprenderlo: la vejez y la muerte. Ya casi no hay enemigos, porque a los que de tarde en tarde pasan bajo la puerta de mi casa un pequeño papel que reza *Whitelocke traidor*, a ésos no puede considerárselos enemigos, sino meros imbéciles sin tarea.

Cuando egresé como alférez de la academia militar, era yo un arrogante joven cuyo sueño mayor no ofrecía grandes variantes: en algún lugar de Europa (Francia me parecía la mejor elección) surgía un militar distinto, alguien tocado por la fortuna de los grandes destinos. Un genio, almirante; un Aníbal resucitado, un estratega capaz de cambiar la cara del mundo, un formidable jugador de ajedrez. Este hombre, después de reducir la totalidad de nuestros barcos a un simple conjunto de tablas flotantes, lograba desembarcar en Inglaterra y avanzaba como un tornado con su ejército de cien mil hombres, todo con el solo objeto de ver cumplido, a su vez, su propio sueño: la bandera francesa flameando en cada mástil oficial de la ciudad de Londres.

La sola idea produce frío, ¿verdad? Pero entre este admirable soldado y la capital del Reino existía un bravo escollo a superar: los cien mil guerreros a cargo del teniente general John Whitelocke.

La gran batalla tendría lugar en plena campiña. Y yo no podía dejar de imaginar la distribución de mis hombres; era casi una pintura ubicada en mi pensamiento: el centro, los flancos, la retaguardia; la infantería, las piezas de los artilleros, la caballería. Todo preparado, todo en orden, la campiña y su verde único, la música de las gaitas escocesas filtrándose desde uno de los flancos. De pronto, la línea del horizonte conmoviéndose por la aparición del francés. Observar la escena con el catalejo causaba en mí una impresión escasamente posible de narrar. El avance de tan colosal fuerza de ataque dejaba en la boca un regusto agrio, una sensación cercana a la idea de fin del mundo.

Pero las tropas de Whitelocke no podían ir a la zaga. Cada hombre de mi ejército tenía la íntima certeza de la victoria. El choque, como lo indicaba el buen sentido, sería brutal: doscientos mil hombres combatiendo furiosamente en un campo por el destino de un país.

Si caíamos, si los franceses, siempre inferiores en los mares pero casi imbatibles en tierra, lograban superarnos, toda la Gran Bretaña quedaría a merced de sus fusiles.

Al llegar la tarde, el apogeo de la batalla resbalaba hacia los desniveles de la definición: un tercio de mi ejército había sido muerto o herido o capturado, gran parte de mi caballería desmantelada, cincuenta piezas de artillería sin capacidad de fuego. Con todo, la posición del francés era peor: desbaratada casi la totalidad de su infantería, inutilizada una notable porción de sus cañones, uno de sus flancos en desbande, el otro peleando heroicamente pero superado por el avance de mi retaguardia y casi diez mil franceses en estado de prisioneros de guerra.

El tablero de la lucha me había reservado, pues, las mejores piezas. Partía yo allí entonces de mi cuartel general, a caballo, hacia el alma del combate, ante la alarma y la oposición de mi Estado Mayor. Iba yo en busca del estratega, del genio francés, para enfrentarlo cara a cara en el territorio del honor.

Como en todo deseo, capitaneaba mi sueño con absoluta libertad, a mi libre antojo. De manera que encontrar al general enemigo en mitad de una guerra resultaba una labor para nada compleja. El hombre, montado sobre un caballo negro, se batía gallardamente con su sable y, por lo que podía observarse, se hartaba de partir ingleses al medio.

En un brevísimo instante de calma, el francés alzaba sus ojos y me veía, allí, a muy poca distancia de su posición. Ambos nos saludábamos con leves movimientos de cabeza, como marcan las reglas del respeto. Luego cargábamos el uno contra el otro, cabalgadura contra cabalgadura. La gran batalla quedaba en ese momento inmovilizada, miles de hombres paralizados de golpe, la contienda reducida allí sólo a dos guerreros dignos y a sus suertes y habilidades.

Durante el primer cruce, lograba yo tocar con mi sable el hombro izquierdo del francés, pero éste no caía del caballo. Nos mirábamos fijamente y allí entonces nos lanzábamos al segundo cruce, pero aquí la fortuna no estaba de mi lado: con un movimiento preciso, el general enemigo hundía su filo en la boca de mi estómago. Enseguida cesaba el silencio, los hombres cerraban la tregua y regresaban a la labor de matar.

Yo quedaba tendido en la campiña de verde único, casi sin poder mover los labios, en manos de una sed intolerable. A pesar de mi posición en absoluto cómoda, alcanzaba a ver cómo el general francés era arrancado de su cabalgadura por un tiro de fusil a quemarropa.

Un oficial británico, un teniente coronel, se arrodillaba frente a mí y me decía: "Nadie podrá ya quitarnos la victoria, general Whitelocke. Inglaterra se ha salvado. Usted la ha salvado". Yo solicitaba un poco de agua, pero no alcanzaba a beberla, porque allí se producía el instante de mi muerte. Muerte gloriosa, muerte que sólo le es reservada a unos pocos en el devenir de la Humanidad.

Mi nombre iba a transformarse en un símbolo, en una bandera, en una cita permanente para cada aspirante de cada colegio de guerra. *Teniente general John Whitelocke, muerto en combate, héroe del país, derramó su sangre por las causas de Su Majestad. Gloria eterna al salvador de la Gran Bretaña toda.*

Mi sueño no se cumplió. Aunque sí debo decir que

Europa vio nacer —que Francia vio nacer— a ese soldado inimitable, a ese general supremo, al gran estratega de la historia militar. De no haber sido por hombres como Lord Nelson o como Collingwood o como usted mismo; de no haber sido por ustedes, los que forjaron Trafalgar (y atemperaron, al menos hasta hoy, el peligro), ese maldito y glorioso Bonaparte hubiese desembarcado en estas tierras, hubiese mordido cada milla de nuestra campiña, y sólo Dios sabe quién le hubiera salido al cruce. No John Whitelocke, por cierto, aplicado en esas horas a quehaceres más rudimentarios que la dirección de un ejército de cien mil hombres.

Aun así, el mañana me reservaba una empresa de menor envergadura aunque en modo alguno despreciable: la reconquista de Buenos Aires y el asentamiento del ulterior dominio inglés sobre el resto del continente. Por un corto tiempo, tuve en mis manos un poder absoluto; quiero decir, la sombra futura de un poder absoluto. No en vano llegué al Río de la Plata con el título de Gobernador General de Sudamérica bajo el brazo.

Pero antes de continuar, voy a servirle un poco más de brandy. Vamos, almirante, no se niegue, hace frío. Un dedo meñique, tan sólo. El brandy y las putas son el mejor remedio para contrarrestar la solidez de los inviernos. ¿No se halla usted de acuerdo con esta afirmación? Infortunadamente, Ashley, sólo estoy en condiciones de convidarlo con brandy.

VII

El brandy y las putas, Ashley. Las dos mejores ideas que tuvo Dios cuando pensó el mundo. Sobre todo, las putas. Conozco a las putas y conozco a las insensibles. No conozco otra clase de mujer. Lady Lewis, mi esposa, una insensible para cualquier asunto relacionado con alcobas. Su parentesco con el oficial mayor del Ministerio de Guerra de la época constituía uno de sus mejores costados.

¿Recuerda usted aquellas travesías por los mares del norte? ¿Recuerda usted aquellos grandes bloques de hielo a la deriva, peligrosos para la navegación aunque excesivamente inútiles para cualquier empleo? Imagínese ahora puesto a la cama con uno de esos bloques. Lady Lewis, Lady Whitelocke: hielo a la deriva.

He tratado a muchas otras mujeres. Mujeres, algunas de ellas, suaves como terciopelo, pero de sangre y manos calientes. Putas.

Y de ellas, ninguna como María, allá en Antillas. María, Ashley, la más hermosa y ardiente de las hembras, la única mujer en esta vida a quien debí decirle una noche que cesara de galoparme, ya que mis fuerzas de hombre estaban agotadas.

Pero hablar de María es hablar de asuntos inquietantes, porque hablar de María es hablar del amor. Sí, Ashley, lo entiendo: extraña palabra. Yo nunca fui blando de corazón, usted bien lo sabe; mi justificación en este mundo fue la sangre ajena. Debo reconocer, sin embargo, que María taló todas mis certidumbres, desgarró las severidades de mi juicio, me llevó —sin ella saberlo nunca— a rotar los puntos de vista. Hubo un momento, querido amigo, en que María alteró los fines de la sangre; porque hubo un momento en que sólo me importaron su sangre y la mía, mezclándose y deslizándose y desvaneciéndose, para elevarse luego otra vez, recomenzando el juego; hubo un momento, en fin, en que ya no estuve interesado en la sangre ajena, la enemiga, desparramada en los pastos y los uniformes y los terrenos desconocidos: sólo la sangre rápida de aquella mujer, golpeando sus sienes, su garganta, sus pechos, inflamándola como una rosa a la hora de la caricia.

Usted es la primera persona que oye estas cosas; usted será, con seguridad, la última. He guardado el nombre de María en los fondos más oscuros del sentimiento y si hoy lo devuelvo a la luz y mis labios lo pronuncian, es sólo porque es tiempo de confesiones absolutas. Estas confesiones abren irremediablemente en María y, por cierto, cierran en ella.

Si yo digo, almirante, que María fue la única mujer que amé, puede parecer estúpido; y si digo que la amé en el mismo momento de verla por vez primera, puede parecer aun más estúpido. Pero, Ashley... mi estimado y bueno de Ashley..., el amor y la inteligencia suelen ejercitar tácticas opuestas; y, créame, la inteligencia cuenta con tropas más débiles. Usted bien lo sabe, no es necesario decirle estas cosas a un viejo zorro. Porque cuando una mujer se transforma en un suave líquido para el cuerpo pero también para el espíritu; quiero decir, cuando una mujer es una hembra verdadera en todo el sentido de la palabra, y es enteramente bueno tocarla y penetrarla, sí, pero también es enteramente bueno verla o escucharla, bien, usted sabe, Ashley, que es entonces, en ese instante, cuando uno se convierte en un hombre perdido; es allí cuando la mente es gobernada por nubes, y desde algún lugar incalificable baja cierto telón que cubre todo razonamiento y nada, pero nada, fuera de la imagen de esa mujer, tiene validez.

Es el brandy, almirante, pierda cuidado; el brandy y los recuerdos, que se juntan y hacen hablar de esta manera. Voy ahora hacia María y hacia el pueblo de Three Names; hacia Antillas y hacia la idea de destrucción absoluta. Pero antes de ir hacia ellos, debo resolver un pequeño problema: noto con horror que su copa está vacía. Y eso es algo, mi amigo, que no debe sucedernos en esta tarde.

VIII

¿A quién pedir ayuda cuando la vida cambia de golpe, cuando un solo disparo de cañón modifica el destino completo?

¿A quién pedir ayuda cuando usted es un simple pescador, sujeto repentinamente a los rigores de la guerra, y salva sus huesos por milagro pero pierde todo lo demás?

¿A quién pedir ayuda cuando Dios está durmiendo la siesta?

Al teniente coronel John Whitelocke, por cierto, quien, en un pueblo recién capturado, altivo en su caballo, jefe de todas las tropas, omnipotente y victorioso, cumple cabalmente con el papel de reemplazar a ese Dios.

IX

Conocí a María en aquel extraño villorrio al que muchos llamaban Three Names, ubicado no muy lejos de Leogane, a unas cuantas millas al sudoeste de Port Prince, en Haití. Three Names era una plaza única, con una historia única, con una mujer única. Fundada, según creo, por unos españoles que no tenían cosa mejor para hacer, la villa fue bautizada originalmente como De La Santa Cruz. En poco tiempo fue abandonada y retomada varios años más tarde por los franceses, quienes le impusieron el nombre de La Croix.

Estos nombres no eran antojadizos, porque los españoles, locos como es costumbre, habían levantado el pueblo en forma de cruz: una fila de calles y de casuchas de norte a sud, cortada por otra fila, idéntica aunque más breve, de este a oeste. Una cruz... Un desatino para las más elementales reglas de construcción. Era raro, porque ni siquiera los españoles, con sus siempre descabelladas ideas, solían alzar caseríos que no respetaran ciertos criterios de lógica: el clásico "damero", tomado de los romanos. Habrán sido fanáticos religiosos, cosa que no podremos saber nunca. Misteriosamente, nadie se atrevió a romper la original estructura arquitectónica y el pueblo creció hacia los lados y hacia el sud; no hacia el norte, debido al natural límite impuesto por el mar.

Nadie se atrevió... Habrá usted notado que cierta gente tiene una extraña relación con las cruces. Desde siempre ha llamado mi atención el doble símbolo que encierran las cruces. Porque no es dable negar que tras la cruz está la muerte; pero también, y de una manera que resulta casi inexplicable, para muchos está la esperanza. No digo la esperanza en la muerte, digo la esperanza dentro de la vida. Sé, Ashley, que resulta contradictorio, pero así son las cosas.

Lo cierto es que en dos siglos, De La Santa Cruz o La Croix pasó varias veces de manos francesas a manos españolas y al revés. Durante un corto tiempo, incluso, estuvo bajo dominio de los holandeses.

Debo insistir, almirante, en que el villorrio era un sitio poco significativo: si bien de obligado paso hacia Port Prince viniendo por tierra desde el oeste o desde el sud, carecía sin embargo de otra clase de relevancia política o estratégica. La composición de sus habitantes era como la de cualquier otro pueblo de Santo Domingo: unos pocos blancos ricos (dueños de las plantaciones de plátanos y de cafetales), una gran porción de negros esclavos y menor escala de mulatos. Pero Three Names guardaba algunas sorpresas, porque también existían franceses venidos a menos, gente blanca y pobre que vivía casi exclusivamente de la pesca. Para completar el cuadro de rarezas, unos cuantos españoles rezagados, también de escasos recursos, convivían, mezclados milagrosamente, con los demás.

Blancos pobres en Haití constituían una curiosidad; si además eran españoles, la curiosidad pasaba a ser doble.

El villorrio parecía un sitio aislado del resto: las guerras estallaban por encima de la gran cruz pero no la afectaban gravemente, como si sus pobladores usufructuaran un especial privilegio del destino. Los sucesivos cambios de amo no torcían demasiado la suerte de aquella gente.

No es del todo explicable, almirante, el interés colocado en esas tierras por gente de cuatro países. Y digo *cuatro países* porque, como ya habrá usted adivinado, poco tardamos, luego de la campaña de Port Prince, en cargarnos con el caserío en forma de cruz, echando a los franceses de turno casi sin realizar un solo disparo y rebautizando al pueblo con el nombre de Crewe.

Una paradoja, Ashley: a partir de esta tercera denominación, Crewe, muchos comenzaron a llamarla simplemente Three Names, con lo cual, y esto es lo curioso, la villa adquirió un cuarto nombre.

Cosas de Antillas, cosas del calor de Jamaica, de Santo Domingo, de las otras islas; calor que perturba los sentidos y el adecuado orden de los pensamientos. María...

Cuando nos apoderamos de la aldea, increíblemente no se produjo ninguna baja francesa ni británica ni civil: sólo resultó dañada una casa por el único cañonazo que debimos disparar antes de la huida enemiga. Nunca nada tan sencillo, almirante.

Para esos días, yo me desempeñaba como Intendente General del Ejército en Port Prince, con el grado de teniente coronel. El general White pensó que era tiempo de darme algo de acción y me puso al frente de las tropas.

—Arránquele esa cruz a los franceses, Whitelocke —me dijo antes del inicio de la empresa.

Recuerdo mi entrada al pueblo un tiempo después de la fácil toma, ingresando a caballo a la plaza única, formada por los cuatro ángulos del centro de la cruz. La plaza no era gran cosa, apenas un terreno arenoso, pelado y algo lúgubre, una iglesia pintada de blanco, la torre de la iglesia —baja y de campana solitaria—, algunas casas —las de los blancos ricos— de buena apariencia. Y ninguna otra cosa que no fuera miserable.

Até las riendas de mi caballo frente a la que me pareció una de las construcciones más decentes, decidido a revisar la aldea a pie. Por todas partes transitaban, distendidos, grupos de uniformes rojos. Como fondo general, el mar más azul que uno pueda imaginar, cantos de gaviota y calor.

Habré dado treinta o cuarenta pasos cuando salió al cruce un hombre bajo, de bigote fino, vestido con levitón lustrado, quien realizó en mi honor una reverencia exagerada. Venía acompañado por uno de los nuestros, un tal Derrison o Darrison, un mayor del 13 de infantería.

—Señor... —dijo el oficial, cuadrándose—. Tengo el honor de presentarle al gobernador del pueblo, monsieur Drumond.

—¿Gobernador? —recuerdo que pensé—. ¿En un lugar así hay un gobernador?

—Monsieur Drumond desea presentarle sus respetos y también desea hacerle saber que se halla dispuesto, así como todos los habitantes, a prestar la más amplia colaboración hacia usted y hacia las tropas de Su Majestad.

El hombrecito sonrió y repitió la reverencia, ahora aun más exagerada. Pregunté si Drumond hablaba algo de inglés. El mayor negó rotundamente.

—Ni una palabra, señor —indicó. Y de inmediato agregó, solicitando previamente mi permiso, que, según lo observado hasta allí, no había muchos en la villa que parecieran conocer nuestro idioma.

—Muy bien, muy bien —recuerdo que dije mirando las puntas de mis botas, que estaban embarradas—. Agradezca al señor Drumond su hospitalidad en nombre de Inglaterra y en el mío propio. Y explíquele que queda relevado de su cargo, que puede marchar tranquilo a su casa. Nos haremos cargo de la Gobernación, o como sea que se llame aquello que rigió hasta hoy esta aldea.

Juro que no se me ocurre qué otra cosa esperaba aquel francés, pero debería usted haber estado allí, Ashley, para disfrutar de los cambios en el rostro del hombrecito a medida que Derrison traducía mis palabras. La primitiva sonrisa comenzó a desvanecerse hasta llegar a ser una línea de labios apretados, amargamente estirada hacia abajo en los extremos. Luego habló, gesticulando ampulosamente. E hizo otra reverencia.

Derrison —o Darrison— señaló que al francés le resultaba imposible marcharse a su casa, porque su casa era, precisamente, la Gobernación.

Hice un esfuerzo, almirante, para no reír, ya que la situación —pero sobre todo, la patética figura del burócrata— no podían desembocar en otra salida que no fuera la risa.

—Diga al señor Drumond que tiene dos horas. Dos horas. Ni medio minuto más. Que en ese tiempo procure otro hogar y mude sus enseres —ordené al mayor.

Drumond titubeó. Comprendí que no sabía si yo esperaba un agradecimiento o una maldición. No dijo nada, pero hizo otra reverencia del todo fuera de lugar. Indiqué entonces a Derrison que no se apartara del hombrecito, que confraternizara con él y que se convirtiera en una especie de compañía forzosa. Drumond parecía un imbécil y los imbéciles nunca son confiables.

En esas dos horas recorrí el pueblo. Un profundo olor a mar, un cielo limpio, un calor imperturbable. Nada para destacar, salvo aquella gente a tres calles de la plaza, aquella pareja llorando, de rodillas, frente a su choza destruida. Él, un hombre blanco y entrecano, de barba difusa y talle escueto; ella, una mulata algo mayor, robusta, con la cabeza poblada de pequeñas sortijas de cabello. Detrás de la pareja, entre ruinas y algunas flacas columnas de humo color ceniza, una muchacha, casi una adolescente, parecida a la mujer robusta, pero de pelo largo y lacio y figura delgada. Recuerdo ahora su vestido pobre, de tela ligera. Recuerdo su cara y sus manos sucias, sus ojos café penetrando en los míos. Y también recuerdo un pensamiento que cruzó mi mente como un fogonazo de fusil: mi boca explorando sus pezones con morosidad.

El hombre, al verme allí, de pie y observando, corrió hacia mí y habló en español, señalando la choza destruida. Pude ver algunos aparejos de pesca aquí y allá, inutilizados por el fuego; pude ver algunos materiales miserables: unas ollas quemadas, unos camastros rotos, una mesa milagrosamente entera; pude ver otra vez el escote de la muchacha.

La escena no dejaba lugar a dudas: esas gentes se habían salvado porque la caída del proyectil los había hallado fuera de su hogar.

El hombre hablaba, gesticulando con súplicas, sin dejar de llorar. Sentí un asco repentino por él y lo aparté de mí con cierta brusquedad. Después hice una seña inexplicable: dibujé en el aire un semicírculo con la mano. Juro, Ashley, que hoy mismo no sé qué habré querido decir, pero aquello que haya sido pareció tranquilizar al hombre, quien llamó a su compañera y le indicó algo que por supuesto no comprendí. Luego, los dos sonrieron.

Me alejé de inmediato de aquella rara situación, en busca de alguna taberna donde beber una cerveza. La única taberna del poblado, naturalmente, daba a la plaza. Hacia allí me dirigí.

El lugar estaba atestado. Los uniformes de Su Majestad parecían querer abarcar ese universo que apestaba a sudor y a tabaco barato.

—¡Atención! —gritó alguien desde algún rincón al descubrir mi presencia. Los que ocupaban mesas se pusieron de pie y todo, por un instante, quedó inmóvil y en silencio.

Ah, mi querido Ashley... el placer del mando... El placer del mando es algo que casi no admite comparación. Usted sabe de qué hablo. Si aquella mañana, en aquella taberna, yo hubiera permanecido en posición durante quince minutos, durante una hora, durante dos horas, el mundo hubiese contenido la respiración, quieto y en espera. ¿Existe algo que se parezca más al papel de Dios? Para mi paladar —y sospecho que también para el suyo— el mando se ubica un solo escalón bajo las putas y el brandy.

—Sigan —ordené. Entonces regresaron las voces, los ruidos de las botellas y de los vasos chocando entre sí, cierta canción escocesa, desafinada y antigua.

Fui hacia el mostrador de madera sin labrar. Un hombre alto y maloliente preguntó en un pésimo inglés qué deseaba beber. Pensé en la palabra cerveza, pero de inmediato cambié de idea.

—Ron —exigí.

El interior de mis botas se hallaba húmedo de sudor. El calor era insoportable. Unos moscardones verdes aportaban lo suyo. En una mesa, sobre la derecha, vi al mayor Hurley con seis de sus hombres. Hurley... buen oficial... activo... con gran capacidad de mando... dueño además de una extraordinaria rapidez para resolver problemas y para salir sin mella de situaciones adversas.

Tomé mi botella de ron y fui hacia él. Los hombres se incorporaron, pero yo, con un gesto, indiqué que permanecieran en sus sitios. Alguien me alcanzó una silla.

—Mayor... —dije alzando el vaso—, caballeros... Por las victorias fáciles.

—Señor... —respondió Hurley al brindis, elevando su cerveza en medio del espeso ambiente de la taberna.

—Nuestra artillería ha dado cuenta hoy de una casucha a pocas calles de aquí —comencé a explicar luego de beber dos sorbos pequeños—. Deseo, Hurley, que reúna al resto de sus hombres y que reconstruya ese lugar en el menor tiempo posible. No deseo escuchar excusa alguna sobre desconocimientos arquitectónicos. Se trata de una construcción más que sencilla. Conceda cualquier solicitud razonable que formule el dueño y sea eficaz. ¿Alguna pregunta?

Si Hurley halló sorpresa ante semejante orden, fue lo suficientemente astuto como para no permitir que dicha sorpresa llegara hasta su rostro.

—Señor... —dijo—. En referencia a los materiales...

—Vea al mayor Derrison, del 13. Se halla a cargo de un tal Drumond, un francés que va a proveerle todo lo necesario. Invoque mi nombre. Invoque mi autoridad. Diga que son órdenes directas.

Bebí otro poco de ron y señalé:

—No comprendo qué hace todavía aquí, mayor. Márchese. Las bebidas son una invitación del Rey de Francia.

Hurley y sus soldados se incorporaron —los siete— en el mismo momento, se cuadraron y comenzaron a salir en fila. Yo quedé solo, sentado a la mesa con mi botella, rodeado por las voces, los ruidos, la canción escocesa que, empecinada, no abandonaba uno de los rincones de la taberna. Coloqué ambas piernas sobre una de las sillas vacías y encendí un cigarro. La columna de humo se elevó, ligera, hasta las vigas del techo. Llené otra vez mi vaso con ron.

Entonces, Ashley, intenté vanamente resolver la cuestión siguiente: ¿qué delicado mecanismo interno me había obligado a impartir al mayor Hurley una orden tan descabellada?

X

Yo he dado y he recibido múltiples órdenes descabelladas. Yo he ordenado cometer y he cometido múltiples actos insensatos. Yo, por ejemplo, he matado con absoluta convicción por Inglaterra. Y luego me he preguntado: "¿Qué cosa es Inglaterra? ¿Qué cosa es aquella cosa por la cual he matado con tanta convicción?"

XI

El capitán George B. Sternwood. Ese hombre sí que podría dar testimonio de lo que significa una orden descabellada. Ignoro qué habrá sido de su suerte, si seguirá o no en filas del ejército, si estará o no con vida, pero con absoluta seguridad jamás olvidaré su nombre.

Unos meses después de la campaña de Port Prince, y mientras me desempeñaba en mi nuevo cargo de Intendente General del Ejército en Santo Domingo, el viejo White me llamó a su despacho.

—Tenemos problemas en el norte, Whitelocke —dijo, lacónico, el general, con su rostro más sombrío.

Pregunté si el problema tenía que ver con los franceses; White negó con la cabeza. Pregunté entonces si se trataba de alguna revuelta de negros cimarrones, cosa harto frecuente en la zona; White negó otra vez.

—Es uno de los nuestros —indicó con gesto de fastidio.

Me habló luego de Blue Ride, un diminuto punto al norte del país.

—El pueblo está a cargo del capitán Sternwood. George B. Sternwood —explicó. Yo había oído antes ese nombre, en alguna parte.

Dando tres pasos muy firmes, el general alcanzó una pequeña caja de madera lustrada que se depositaba en el centro de su escritorio, la abrió y me convidó un puro. Al negarme, no insistió. Entonces relató los hechos: Sternwood era un soldado impecable, con una extensa foja de servicios, colmada de logros en el terreno militar. Había combatido valientemente en el norte de América, y lo propio había cumplido en Jamaica y en la Martinica, aquí bajo órdenes del propio White. Ahora su misión en Santo Domingo era asegurar la plaza llamada Blue Ride, fortificarla lo más posible y sostener esa posición hasta nuevas órdenes. También debía intentar el establecimiento de lazos de cordialidad entre el ejército y la población del lugar. Para todo ello, Sternwood se hallaba al frente de una fuerza de doscientos hombres, tres cañones de a 12 y varias piezas de artillería menor. Blue Ride era, en ese momento, una línea de avanzada, el límite de lo que habíamos logrado en esa condenada isla. De manera que era preciso conservar el punto a como diera lugar.

—El asunto es que el capitán Sternwood ha dejado de obedecer órdenes —señaló White, aspirando fuertemente su cigarro. Ante mi evidente cara de asombro, el general me invitó a tomar asiento y luego se extendió:

—La confraternidad entre la población y la tropa ha ido demasiado lejos, mucho más lejos de aquello a lo que podríamos haber aspirado en el inicio. Sternwood ha creado algo así como una zona apartada de todo. Nuestros hombres se han mezclado tanto con los habitantes, que hasta colaboran con ellos en los cafetales y en otras labores del campo.

Pregunté si eso era malo. White respondió que sí; que era malo y peligroso.

—Muchos soldados han dejado el uniforme y visten ropas civiles. Y si ello le parece a usted un hecho inadmisible, teniente coronel, sepa que, a cambio, Sternwood ha repartido a capricho cargos militares a varios pobladores de Blue Ride —dijo el general y luego preguntó si yo comprendía cabalmente de lo que estábamos hablando. Pero no esperó mi respuesta.

—No creo necesario explicar en detalle cuál fue mi reacción, Whitelocke. Por supuesto, ordené el relevamiento del capitán y su inmediato traslado aquí, a Port Prince. Sternwood, respaldado por sus hombres, envió de regreso a su reemplazo y respondió con una nota, una simple nota, en la que me explicaba que, aun a su pesar, se veía imposibilitado de acatar mis órdenes, dado que todavía no había podido cumplir en su totalidad con la misión que Inglaterra le había confiado.

El general hizo una larga pausa, fijando su vista sobre la superficie del escritorio.

—¿Se da cuenta usted, teniente coronel?: "La misión que Inglaterra le había confiado".

Enseguida, solicitó mi parecer.

—Creo que el hombre ha perdido la razón, señor —dije.

—Pienso igual que usted, Whitelocke. Ha resuelto arrojar por la borda su vida y su carrera. Lo que hace se parece mucho a un suicidio.

White se incorporó y comenzó a caminar por el despacho, las manos atrás, el gesto severo. Con una seña, me indicó que permaneciera sentado.

—El problema con Sternwood —dijo, al fin— es que se trata de un oficial muy querido por la tropa. Y no me refiero sólo a sus propios hombres: su fama está llegando lejos. Mucho me temo que resultaría imposible detenerlo sin derramar sangre. Y lo último que deseo crear es un mártir. Por otra parte, si algo no necesito en este momento es un enfrentamiento entre nosotros mismos. Londres pediría larguísimas explicaciones si algo así llegara a suceder.

De pronto, estimado amigo Ashley, comprendí qué era lo que se esperaba de mí.

—Quiero que viaje usted de inmediato a Blue Ride y que haga entrar a Sternwood en razones. Convénzalo de que su altanería sólo nos acarreará desgracias a todos. Estoy dispuesto a olvidar la insubordinación del capitán, siempre y cuando se someta otra vez a las normas militares. Dios y yo sabemos que si existe un hombre capaz de lograr eso, ese hombre es usted, teniente coronel.

No puedo saber si en ese instante mi rostro reflejó el intenso estupor que había ganado mi alma. Nunca antes, en toda mi carrera, se me había encomendado misión semejante.

—Señor Whitelocke: evite que británicos derramen sangre británica.

Solicité en el acto la foja de servicios de Sternwood. De su nota al general White y del propio relato, me pareció advertir que el capitán establecía un severo corte entre el significado de Inglaterra y el significado del ejército.

—Eso es cierto —confirmó el general—. Creo que resulta evidente que Sternwood ama a su país. Pero su cabeza ha decidido romper lazos con los usos militares y con la cadena de mandos.

—Parece contradictorio —opiné.

—Sí. Pero eso es lo que tenemos.

Hice, pues, al general, un pedido: solicité como préstamo su medalla al valor en combate, aquella que había recibido de manos del Rey por sus actos en la guerra. White titubeó.

—Me pide usted demasiado, Whitelocke.

Luego caminó unos pocos pasos hasta un pesado armario, abrió ambas puertas de par en par y de allí extrajo una caja azul. Extendiéndola hacia mí, dijo:

—Sea. No preguntaré para qué la quiere. Pero espero la cuide con su vida.

—Pierda usted cuidado, señor. Sin embargo, necesitaré algo más: el nombre de algún habitante de Blue Ride, un civil, alguien que sea respetado por el resto de los pobladores.

White asintió.

—Tendrá ese nombre antes de partir.

Y luego agregó:

—Traiga a la oveja de nuevo al rebaño, Whitelocke.

Me despedí del general y salí del despacho tratando de agrupar mejor mis ideas. Esa misma mañana partiría, solo, hacia Blue Ride, con la consigna de convencer a un demente para que retornara a la línea de mandos. En lugar de fusilar a Sternwood (cosa que en ese momento hubiese hecho de buena gana), debía mover las piezas de la inteligencia para enderezar su actitud. Y todo esto, Ashley, con el agravante de cargar sobre las espaldas una certeza: un fracaso de mi parte dejaría a los fusiles como única salida para la situación.

En este punto, amigo mío... ¿no diría usted que el general White me encomendó una misión absolutamente descabellada?

XII

Más allá de las convenciones oficiales, y ya en el terreno de lo personal, la conducta del capitán Sternwood me irritaba de un modo profundo. No es un secreto que lo único que mantiene intacto a un ejército es la subordinación. Usted lo sabe tan bien como yo. La indisciplina es un portazo dentro de un cuarto silencioso.

No hablo aquí de aquello que ya hemos acordado: la duda de un oficial y el empleo del libre albedrío para mejorar los efectos buscados. Hablo de la simple insubordinación, hablo de la burla al uniforme por mera rebeldía o por mera búsqueda de protagonismo.

Deberá usted tomar conocimiento de que en esos años de fuego y aventura en islas lejanas, fui en cierta ocasión comisionado a Barbados para formar un regimiento de ex presidiarios. Escuchó bien, almirante: ex presidiarios.

Imagine ahora lo peor que pueda usted imaginar: asesinos, ladrones, vagabundos, hombres del último peldaño de la sociedad. ¿Cómo convertir, Ashley, a un grupo de ochocientos de esos hombres, gente sin educación ni moral ni experiencia, en una fuerza de combate digna de calzar nuestro uniforme?

Visto así, el resultado no puede ser sino un desastre. Y debo garantizarle a usted, querido amigo, que entre mis camaradas todos apostaban a eso: al desastre.

Trabajando dieciocho horas diarias bajo el férreo sol de aquella zona del mundo, y aplicando la más estricta de las disciplinas, logré (en pocos meses y para sorpresa general) conformar uno de los regimientos más sólidos que cumplieron actuación en aquellas islas. Uno de mis grandes orgullos, almirante, obtenido gracias a la idea de subordinación a rajatabla.

Y es por eso que tanto me incomodaba Sternwood, porque su actitud era un cachetazo al corazón de mis convicciones; y es por eso que en un determinado momento, mientras marchaba a caballo por aquellos campos que me separaban de Blue Ride, casi sentí agradecimiento hacia el general White por haberme otorgado tan extraña misión. El viejo era sabio y conocía cómo emplear su cerebro: si existía en el ejército inglés alguien capaz de hacer bajar la mirada a aquel capitancito en rebeldía, ése era yo.

Pero, ay, almirante... los escarpados laberintos del alma de los hombres... ¿Quién puede conocerlos en su más lejana profundidad? Pronto descubriría que no era sólo irritación lo que me provocaba la arrogancia de Sternwood.

Lo cierto es que llegué a Blue Ride casi al anochecer, sediento y empapado de sudor. Recuerdo que, al descender de mi caballo frente al cuartel general, el sol se agazapaba detrás de unas colinas que impedían la visión del mar.

Lo otro fue inmediato. Lo otro fue poner mis botas

sobre la tierra y fueron un sargento y cuatro soldados saliendo no sé de dónde y corriendo a mi encuentro. Los cinco hombres se cuadraron y saludaron coordinadamente, de manera irreprochable.

—¿Dónde está el oficial al mando? —pregunté.

El sargento no supo qué responder.

Bajé del caballo las alforjas y las coloqué sobre uno de mis hombros. Pude ver algunos centinelas en los techos de las casas, no todos de uniforme. Por lo demás, el pueblo parecía desierto. Señalé entonces a uno de los cuatro soldados.

—Usted. Encárguese de mi caballo.

Miré de inmediato al sargento.

—Creo que hice una pregunta —dije—. ¿Dónde está el oficial al mando?

—No lo sé, señor —respondió el hombre, que parecía muy desconcertado.

Miré el frente del cuartel general. Era una casona en no muy buenas condiciones, pero al menos demostraba ser amplia.

—¿Entiendo bien, sargento? ¿Está usted diciendo que desconoce dónde se encuentra ahora el oficial superior de esta plaza?

Fue muy notorio que el hombre tragaba saliva.

—Sí, señor —respondió entonces, en voz apenas audible.

Me adelanté dos pasos y quedé a pocos centímetros del rostro del sargento. Mirándolo fijamente, dije de un modo muy pausado:

—No oigo su respuesta, sargento.

—¡Sí, señor! —gritó el hombre, en perfecta posición de firme, su vista al frente.

Me alejé apenas, sin dejar de mirarlo. Los soldados que lo acompañaban (salvo aquel que procuraba ahora agua para mi caballo) no pestañeaban.

El inicio no podía haber sido más promisorio. Aquellos cinco hombres parecían estar aún, al menos emocionalmente, dentro de las filas del ejército.

—Encuentre ya mismo a su capitán —ordené—. Dígale que el teniente coronel Whitelocke desea verlo de inmediato.

Ingresé entonces en la casona. Después de saludar a los dos soldados de guardia, abrí las puertas de lo que parecía ser la habitación principal y dejé mis alforjas sobre una silla. Una jarra de agua fresca, en una mesa pequeña, hacia la derecha del cuarto, parecía estar esperándome. Bebí a grandes tragos casi hasta vaciar la jarra. Luego me dejé caer en un sillón. Ante mis ojos, una gran bandera británica, desplegada sobre la pared; un escritorio reducido, sin nada arriba, salvo el tintero y la pluma y un pequeño dibujo al carbón del rostro de una mujer; tres fusiles alineados en la pared izquierda del escritorio; sobre el otro lado, un par de botas altas, polvorientas, que nada tenían que hacer en ese lugar; dos candiles al lado de la jarra, sobre la mesa pequeña. Y absolutamente nada más en aquel despojado despacho del evidentemente despojado capitán Sternwood.

Cerré mis ojos. Estaba ansioso por enfrentarme con el hombre, pero al mismo tiempo, contradictoriamente, me pregunté por primera vez qué era lo que estaba haciendo yo en ese sitio.

Debo haber dormido por un buen rato, porque soñé con la mujer del dibujo al carbón. En el sueño, la mujer, vestida de blanco, lucía sencillamente espléndida. Estábamos los dos de pie, enfrentados, en una espaciosa habitación sin muebles, mirándonos fijamente.

—John... John... ¿Cuándo aceptará usted que todo esto no es sino una farsa sin fin ni principio? —preguntaba ella de pronto, con una voz que era toda una caricia. Mi respuesta se limitaba sólo a sonreír.

Tomaba entonces a la mujer por el talle y comenzábamos a bailar. Su cintura era breve, deliciosa. La falta de música parecía no importarnos demasiado.

—Una farsa, John... Una gran farsa... Admítalo...

El repentino ruido de botas sobre el piso no parecía pertenecer ni a ese ámbito ni a ese momento. Resultaba evidente que aquellos pasos no se relacionaban con el baile, con la mujer o con la escena. De modo que abrí los ojos. Frente a mí, en posición de firme, el capitán George B. Sternwood. Me incorporé y de inmediato intercambiamos los saludos de rigor. La mujer del dibujo y sus extrañas palabras no me abandonaban aún.

El capitán era un hombre alto, delgado, de cabello muy rubio y ojos azules y apacibles. Llevaba una barba de, al menos, tres o cuatro días.

—¿Dónde estaba usted, capitán? —pregunté.

—Revisando las provisiones para la tropa, señor. Lamento no haber estado aquí al momento de su llegada, señor.

—Usted, señor Sternwood —dije, dando una lenta vuelta a su alrededor—, no debería lamentar el no haber estado aquí. Usted, señor Sternwood, debería haber estado aquí. ¿Comprende cuál es la diferencia?

El hombre no respondió.

—Al menos sus hombres tendrían que saber dónde hallarlo de inmediato.

Sternwood me miró directamente a los ojos.

—¡Vista al frente, capitán! ¡No se fija la vista en un oficial superior a menos que éste lo indique! ¿Le enseñaron eso en la academia militar?

—Sí, señor.

—¡No puedo oírlo, Sternwood!

—¡Sí, señor!

—¿Y por qué no lo pone en práctica?

—Lo lamento, señor.

—¡No lo lamente, mierda! ¡Sólo cumpla con su deber!

Hice una pausa muy estudiada. Caminé hacia el escritorio en forma lenta. Luego tomé el dibujo de la mujer.

—¿Quién es? —pregunté.

—Mi esposa, señor.

—Ah, el capitán Sternwood es un hombre afortunado, según se ve.

Apoyé el dibujo sobre el escritorio y añadí:

—Pero no hay fortuna eterna. No la hay...

Bebí el agua que aún quedaba en la jarra, pero ahora a tragos cortos. Cuando finalicé, dije:

—¿Por qué no se ha afeitado usted, señor Sternwood?

—Porque no he tenido tiempo de hacerlo, señor.

Crucé ambas manos al frente y clavé mis ojos en los del hombre.

—No ha tenido tiempo... Ya veo... Supongo que el cumplimiento de su deber no le da tregua... Dígame una cosa, Sternwood... ¿qué otras tareas, además de vigilar y salvaguardar esta plaza, cumple usted?

—Muchas tareas, señor. Es una larga lista.

El capitán se mantenía en una rígida posición de firme, su vista fija en algún punto de la pared. Me ubiqué en la silla del escritorio y tomé nuevamente el dibujo entre mis manos. Era un hecho que, si el papel no mentía, la mujer de Sternwood era bella en extremo.

—¿Dónde está su chaqueta, capitán? —pregunté.

—En mi cuarto, señor.

—¿Y por qué no la lleva puesta?

—Hace mucho calor, señor.

Sonreí vagamente.

—Yo siento el mismo calor que siente usted. Y vengo de un largo viaje. Pero llevo el uniforme completo. ¿No es así?

—Así es, señor.

—¡Vaya a buscar inmediatamente su chaqueta y colóquesela, señor Sternwood!

El hombre no se movió.

—¿Oyó lo que dije?

—Sí, señor. Lo oí.

—¿Y qué espera para cumplir mi orden?

—No espero nada, señor. No voy a cumplir esa orden, señor.

Apoyé las palmas de mis manos sobre el escritorio y me incorporé.

—¿Está negándose usted a cumplir una orden directa de un oficial superior, capitán Sternwood?

El cuerpo del hombre se relajó de golpe. Saliendo de su posición de firme, el capitán torció su cabeza y me miró.

—Hace ya un tiempo, señor, me prometí que nunca más obedecería órdenes estúpidas.

Permanecí en silencio durante unos segundos.

—¿Comprende usted que puedo llevarlo ante una corte marcial sólo por eso que acaba de decir? —pregunté.

—Sí, señor. Lo comprendo —respondió él—. Pero aunque eso sucediera, la orden no dejaría de ser estúpida. Un soldado debe ser evaluado por asuntos más importantes que una chaqueta. Creo haber ganado con creces el derecho a decidir por qué acciones merezco ser juzgado.

Sternwood era ahora exactamente la clase de persona que yo esperaba que fuese. A paso rápido, caminé hasta la puerta del despacho, la abrí y llamé a la guardia. El capitán giró para verme. Por el pasillo surgió, rápida, la figura de un soldado. Señalando la mesita con la jarra, le pedí que nos proveyese de agua.

—La más fresca que pueda hallar —dije.

El soldado cruzó la habitación, saludó a su capitán y, tomando la jarra, desapareció por el mismo pasillo que lo había traído.

Retomé mi posición al frente del escritorio e indiqué a Sternwood que acercara otra silla.

—No es necesario, señor —dijo.

—Deje de opinar sobre lo necesario y haga lo que le digo —señalé.

Sternwood entonces no dudó y acató mi orden. Nos quedamos un rato así los dos, sentados frente a frente, en silencio, separados por el escritorio. Yo busqué un punto en el techo y allí fijé mi vista.

Al cabo de unos minutos, llamaron a la puerta. Era el soldado de guardia.

—Sírvanos y luego retírese —ordené.

El hombre depositó frente a mí un vaso lleno casi hasta el borde y luego hizo lo propio con otro vaso idéntico, destinado al capitán. Después se marchó, rápido y sin ruido.

Bebí la mitad del agua y le señalé al capitán que estaba autorizado para hacer lo mismo. Sternwood, con cortesía, explicó que prefería hacerlo después.

—Señor Sternwood... Señor Sternwood... —comencé a decir con voz muy pausada—. ¿Qué es exactamente lo que ocurre con usted?

Y agregué:

—Antes de viajar, he tenido en mis manos su foja de servicios. Sabemos que muchos hombres envidiarían esa foja. Hasta aquí, ha cumplido una carrera brillante. ¿Por qué decide poner esa carrera en el patíbulo? ¿Puede usted explicarme eso?

El hombre sonrió. Sus ojos azules, antes ásperos, parecieron recobrar su paz original.

—No he puesto mi carrera en ningún lado, señor. Es simplemente que, después de Townsend Hill, decidí no acatar, repito, ninguna orden que mi juicio considerase insensata o estúpida. Es sólo eso, señor.

—¿Qué ocurrió en Townsend Hill? —pregunté.

—Creí entender que había leído usted mi foja de servicios, señor.

La arrogancia de Sternwood rozaba los grados más altos. Pero esa arrogancia, no sé por qué, resultaba casi atrayente.

—Desconozco los pormenores de esa batalla, capitán. Pero sé de la notable actuación que le cupo a usted en ese lugar. Dígame qué cosa pudo haber sucedido allí, como para torcer su pensamiento hasta este límite.

El hombre solicitó mi autorización y luego bebió tres pequeños sorbos de agua. Entonces comenzó a relatar su historia: Townsend Hill, una elevación, no demasiado pronunciada, a dos o tres millas de Puerto Bark, en Jamaica. Los planes consideraban avanzar y batir esa plaza: Puerto Bark. Ahora bien, almirante... entre la ciudad y el grueso de la fuerza de ataque se interponía esta colina, que se hallaba fortificada al máximo con cañones del más grueso calibre. El Alto Mando ideó entonces lo siguiente: un grupo de avanzada debería tomar la colina y despejar el paso al resto del ejército. Como jefe de la operación, se designó al coronel Mc Gee, Lancelot Mc Gee. No sé si usted habrá oído de él. Aunque no lo conocí en persona, sé que era uno de los oficiales más capacitados. Parece ser que en aquella ocasión, el propio Mc Gee seleccionó su fuerza de ataque: cuatrocientos veinticinco hombres, los cuales, a juicio del coronel, constituían lo mejor para obtener éxito en semejante incursión. La noche anterior a la batalla, Mc Gee reunió al pequeño grupo de oficiales que lo acompañaría, grupo en el que se encontraba el capitán Sternwood. En su tienda de campaña, el coronel detalló el plan de combate y dijo que si bien no escapaba a su conocimiento la envergadura de la empresa, también sabía del valor y de la entrega de sus oficiales. Agregó que el día siguiente sería un día de victoria y luego preguntó si alguien deseaba hacer algún comentario. Sternwood quiso saber si se había considerado la posibilidad de flanquear aquella colina, evitando así un choque con una posición tan altamente fortificada. Mc Gee respondió que sí, que debía suponer que el Alto Mando ya había considerado esa posibilidad, pero que, de todas maneras, sus órdenes eran del todo concretas: dejar limpio el lugar.

Al amanecer se dio la voz de avance. Según Sternwood, cuando llegaron al pie de Townsend Hill fue algo así como llegar a los portales del infierno. La artillería y la fusilería enemigas casi no les permitían alzar la cabeza del suelo. Fue una masacre. El capitán vio morir a tres de sus mejores amigos, vio morir a sus camaradas, vio partirse al medio a lo más selecto del ejército británico.

Costó diez horas llegar a la cima de aquella colina. Diez horas... En la escalada final, el coronel Mc Gee recibió un impacto directo de cañón. Sternwood, en su relato, recordaba aquella cosa negra, roja y humeante, una cosa sin forma que ya no tenía nada que ver con el coronel Mc Gee, volando por el aire una decena de metros para quedar, dócil, a escasa distancia de la posición del capitán.

¿Sabe usted, Ashley, cuántos británicos eran cuando lograron alcanzar el objetivo y acallar los cañones enemigos? Catorce, almirante... sólo catorce hombres. Catorce, de los cuatrocientos veinticinco iniciales... Sólo catorce hombres, almirante.

Sternwood quedó recostado, milagrosamente entero, sobre la hierba chamuscada de aquella cima. Durísima victoria, terrible victoria... pero victoria al fin. El ejército tenía el paso libre hacia Puerto Bark.

¿Podrá usted creer, querido amigo, lo que hizo entonces el Alto Mando? Pues decidió que la colina no era el camino más apto para transportar cañones y material pesado, y que era más simple flanquearla.

¿Comprende lo que Sternwood estaba diciéndome? Aquellos generales torpes y absolutamente ineptos para el mando fueron los responsables de una enorme masacre injustificada.

Cuando el capitán terminó con su relato, me incorporé y fui hacia la ventana. La ventana daba a la plaza central del pueblo. Ya era irremediablemente de noche.

—Desconocía el episodio —dije, tratando de que mi voz no sonara demasiado turbada—. Pero conozco a esos generales.

—Greenwell, Perthson, Whitton, McBlast... —nombró el capitán.

—Sí —confirmé sin darme vuelta—. Sobre todo, Perthson.

Se hizo un silencio corto. Yo no aparté mi vista de la plaza, al menos de aquello que las sombras aún me permitían distinguir.

—De todas maneras, capitán, no puede usted condenar a su país por tres o cuatro idiotas —dije, al fin.

—¿A mi país? No, señor. De ningún modo. Amo a Inglaterra. La amo con toda la fuerza de mi corazón. Continúo bien dispuesto a entregar mi vida por ella, como desde el primer día que vestí este uniforme. Por ella es que no he renunciado al ejército, señor. Se trata, sencillamente, de que he decidido ignorar las órdenes absurdas, órdenes tales como abandonar mi puesto de mando o colocarme la chaqueta en un pueblo hundido por el calor.

—Hay contradicción en sus palabras, Sternwood. Nadie puede servir lealmente a su país si no está dispuesto a cumplir todas las órdenes, aun aquellas que parezcan irrazonables. El ejército requiere de absoluta obediencia y de disciplina sin grietas. Es algo simple: sin obediencia no hay ejército. Y sin ejército no hay Inglaterra.

El capitán se tomó su tiempo. Luego indicó:

—Señor, diré esto con el mayor de los respetos: no creo que usted pueda hacer variar mi parecer. La misión que le encomendaron a usted aquí, en Blue Ride, carece de sentido.

Giré sobre mis talones y, alejándome de la ventana, quedé frente al hombre.

—¡Póngase de pie! —ordené.

Sternwood se levantó, sin dejar de mirarme.

—Es usted un maldito arrogante, capitán. ¿De veras cree que he hecho este viaje para convencerlo de que modifique su conducta? Me tiene usted en muy bajo concepto, señor Sternwood. Y a cambio, se tiene a sí mismo en un punto demasiado alto. La estrechez de su vista, más temprano que tarde, va a perderlo.

El hombre iba a decir algo, pero no lo permití.

—Y sepa también que si usted no está en este mismo momento enfrentando una corte marcial, se debe a que el general White es un hombre justo y generoso, y ha decidido tener en cuenta sus antecedentes antes de aplastarlo como a una rata. Yo no tendría con usted, le garantizo, las mismas contemplaciones que tiene el general.

—¿Qué haría usted conmigo, señor? —preguntó Sternwood con una sonrisa irónica.

—Lo arrojaría en el último de los calabozos hasta que su carne se pudriera, capitán. Y ante el menor problema que ocasionara, lo fusilaría sin miramientos ni intervención de jueces.

—Debo entonces entender, señor, que soy afortunado. Si White no estuviera a cargo, mi buena estrella sería muy otra —dijo, con absoluto cinismo.

Volví a ocupar la silla frente al escritorio. El hombre se mantuvo de pie.

—Vea, Sternwood... dejemos esto en claro de una vez por todas: usted no me importa. Ni sus indisciplinas, ni sus desplantes, ni Townsend Hill, ni sus razonamientos sobre el ejército o sobre la obediencia. El hecho es que usted está a cargo de Blue Ride y que yo vengo a Blue Ride para resolver un problema. Y el hecho es también, capitán, que espero de usted la más amplia colaboración para resolver ese problema. ¿He sido claro?

—Absolutamente, señor.

—Iré entonces al centro del asunto. ¿Conoce usted a un tal Torrel?

—Jean Torrel. Sí, señor. Lo conozco. Un vecino del pueblo. Trabaja en las plantaciones.

—Torrel tiene predicamento sobre el resto de los habitantes, ¿no es así?

—Digamos que es un hombre respetado. Yo mismo lo consulto a veces, señor.

Miré hacia el techo.

—Torrel es un espía al servicio de Francia, capitán.

Sternwood sonrió abiertamente.

—No, señor. Eso es imposible, señor.

—Inteligencia militar viene siguiéndolo desde hace un tiempo. Torrel es un informante directo.

—Lo siento, señor. Pero no puedo aceptar eso. Yo conozco al hombre, señor. Me ha dado muchas pruebas de ser honorable. Sólo le preocupan las cosechas y que su pueblo no sufra demasiado las consecuencias de esta guerra. Es un buen hombre... Un hombre humilde.

—¿Cree que miento, capitán?

—No, señor. No creo que usted mienta. Pero los informes pueden estar equivocados.

—Lamento ser el portador de esta mancha para su pueblo feliz, capitán. Pero Jean Torrel es un traidor. Ha luchado al menos en cinco oportunidades al lado de los franceses. Ahora se comporta como un simple campesino, pero lo cierto es que se trata de alguien importante.

—Sigo sin poder creerlo, señor. El hombre nació aquí, y ha vivido toda su vida en este sitio. No creo que conozca otro lugar más allá de Blue Ride.

Ignoré el comentario y proseguí:

—Una vez cada dos semanas, al menos, Torrel sale del pueblo por la noche y se dirige al norte. Allí toma contacto con alguien y vierte las novedades. Los franceses saben todo sobre los movimientos del pueblo: saben cuántos hombres hay aquí, la cantidad de cañones y su emplazamiento. Los franceses saben a qué hora exacta orina usted por las mañanas, capitán. Su amigo Torrel se los ha hecho saber.

—¿Es posible admitir que esos informes pueden estar equivocados, señor?

—¿Es posible admitir que usted puede estar equivocado, capitán?

Sternwood hizo un gesto de desaliento.

—¿Qué desea que haga, señor? —preguntó.

Bebí otro poco de agua.

—Quiero que aprese ya mismo a Torrel. Quiero que emita un bando explicativo y que lo haga circular por todo el pueblo. Quiero que reordene el emplazamiento de sus cañones y que refuerce de inmediato todas las guardias.

Y, señalando la ventana, agregué:

—Y quiero también que mañana al amanecer, Torrel sea ejecutado allí mismo, en la plaza, por traidor a las causas de Su Majestad.

Sternwood me miró casi con tristeza. Luego dijo que él no podía hacer eso. Le pregunté si encuadraba mi orden dentro de las órdenes "estúpidas". Respondió que no, que ciertamente no, pero que él no podía tomar a su cargo la ejecución de alguien a quien aún seguía considerando dentro de las leyes de la lealtad.

Algo había logrado yo con todo esto: el capitán olvidaba su arrogancia y parecía algo abrumado. Era el momento, pues, de aplicar el golpe final.

Fui hasta la silla donde había depositado mis alforjas y luego regresé con la cajita azul que me había entregado White. La abrí y, exhibiéndole su contenido al hombre, pregunté:

—¿Sabe usted qué es esto, señor Sternwood?

El capitán adelantó un poco su rostro.

—Medalla al valor en combate, señor.

Cerré inmediatamente la caja y la apoyé sobre el escritorio.

—¿Sabe usted qué dijo Su Majestad, el Rey, cuando me entregó esta medalla en persona?

Sternwood dijo que no, que no lo sabía.

—El Rey dijo: "Señor Whitelocke, no hay muchos hombres que reciban tan distinguido honor. Esta medalla no es un premio, es un compromiso. A partir de ahora, usted ha dejado de ser un soldado. Porque a partir de ahora, usted, señor Whitelocke, es Inglaterra."

Me incorporé y fui nuevamente hacia la ventana, tratando de que mis botas golpearan fuerte contra el piso.

—¿Comprende, señor Sternwood? No es un simple teniente coronel quien le ordena que acabe con la vida de un traidor: es su patria. ¿Va a desobedecer usted una orden de su patria para salvar a alguien que trabaja con el enemigo?

Sternwood no respondió. De espaldas a él y de frente a los vidrios y a la oscuridad exterior, decidí darle tiempo.

—Debo insistir, señor, en que Jean Torrel no puede ser un agente francés —dijo al cabo de un rato. Pero su voz sonaba notablemente debilitada.

—Luego de la ejecución —expliqué—, no debemos descartar algún tipo de reacción entre las gentes del pueblo. Quiero que si ello sucede, sus hombres se hallen prestos a reprimir con el máximo rigor. El mensaje para los franceses será claro y directo.

Sternwood permanecía inmóvil, sin hablar. Su rostro se había empapado de sudor. Sus ojos estaban fijos en la pared.

—Ahora retírese, capitán —dije.

El hombre quiso decir algo. Yo repetí:

—Retírese, capitán. Y al salir, diga a la guardia que prepare una habitación para mí. Deseo descansar.

—Un hombre, señor... —comenzó a decir Sternwood, titubeando un poco—. Un solo hombre, señor... por importante que pueda llegar a ser... jamás puede compararse con Inglaterra.

Caminé unos pasos y me ubiqué frente a la gran bandera desplegada sobre la pared.

—Como soldado que es, capitán, lo único que debe interesarle es que ahora, en este mismo instante, para usted, esta bandera y yo representamos la misma cosa. Y si no entiende eso, señor Sternwood, pues, entonces, la única salida honorable que veo para usted es la solicitud de baja del servicio. ¿Se da cuenta de que no existen más que esos dos caminos?

Sternwood me miró sin ninguna arrogancia.

—Su esposa es bellísima... verdaderamente bellísima —dije, tomando nuevamente el dibujo—. No la decepcione.

Y luego agregué:

—No decepcione a Inglaterra, capitán.

Recuerdo muy bien, querido amigo, que esa noche, a pesar del gran cansancio que me invadía, resultó imposible conciliar el sueño. ¿Qué haría exactamente Sternwood? ¿Cumpliría mis órdenes? ¿Pediría ser reemplazado? ¿Me enfrentaría abiertamente?

Aquellas horas fueron largas y en extremo calurosas. Me vestí antes del alba y regresé a la habitación que oficiaba de despacho. Allí me quedé esperando. Con las primeras luces, comenzaron a aparecer en la plaza algunas personas.

Al rato, una docena de hombres, dividida en dos filas de seis, llegó al lugar, en perfecta formación militar. Al frente, impecable, el capitán Sternwood. En medio de las dos filas, un mulato bastante mayor, con ropas pobres y las manos atadas atrás. Dos soldados con el prisionero, ubicándolo de espaldas a una pared. El pelotón y la preparación: seis hombres de pie, seis de rodillas, fusiles en mano. Algunos gritos entre la muchedumbre reunida. Rápido, muy rápido, más soldados, colocándose entre la gente del pueblo y el condenado y sus ejecutores.

El capitán Sternwood puesto a un costado del pelotón y dando la orden de cargar. Los hombres abriendo las cazoletas de los fusiles, mordiendo el cartucho de la pólvora, cebando. Sternwood, pues, el rostro sin emoción alguna, ordenando prepararse. Los soldados debiendo contener a una mujer vestida de negro que pugnaba, a los gritos, por llegar hasta Torrel. Sternwood avanzando con un trapo en la mano e intentando vendar los ojos del condenado. El condenado negándose, mirando muy fijo al capitán, los labios apretados. El calor y el pleno amanecer abarcándolo todo.

La espada de Sternwood, entonces, elevándose hacia el cielo, la voz del capitán dando la orden de apuntar. El repentino silencio de la gente, la tensión del momento, Torrel y su destino, Inglaterra y su destino, yo y mi destino.

La mano de Sternwood, al fin, bajando de golpe la espada con un movimiento limpio, partiendo el aire. El grito en la boca de Sternwood acompañando el movimiento de su mano. Las doce detonaciones exactas, idénticas, superpuestas en una sola detonación. Torrel golpeando la espalda contra la pared, resbalando luego hacia el suelo, su camisa blanca llena de sangre.

La gente del pueblo y los gritos, un intento de avance, la inmediata reacción de la tropa. Varios culatazos y algunos disparos al aire, más que suficiente para la dispersión y el desorden, sólo la mujer vestida de negro logrando romper la línea, llegando hasta el campesino muerto, abrazando sin consuelo a aquel cadáver.

Sternwood otra vez al frente de las dos filas de seis hombres cada una, marchándose. El grueso de los soldados aún en la plaza. El humo de la pólvora aún sin querer desvanecerse del todo. La mujer y su muerto.

¿Mi objetivo, almirante? Cumplido en su totalidad: ni Sternwood ni los hombres de Sternwood ni Blue Ride podrían volver a ser como antes. La cadena de órdenes, absurdas o no, se había cumplido desde el general hasta el último soldado. Las cosas estaban ya en su debido lugar. No miento si digo que en ese momento me sentí orgulloso.

Pero entonces de pronto hizo mucho calor. El calor

de Santo Domingo traspasando los vidrios de la ventana, sí, pero un calor extraño para aparecer así, tan repentinamente y con tanta crudeza, apenas amanecido el día.

¿A que no acierta usted a adivinar, almirante, lo que hice entonces?

Exacto... exacto... veo que me conoce muy bien. Hice precisamente eso: algo sofocado, me quité la chaqueta del uniforme y la dejé allí, sobre una de las sillas.

XIII

Aquel intenso calor de Santo Domingo... tan opuesto a este frío de Londres...

Frío y calor extremos siempre me han atormentado. El cuerpo no se habitúa nunca a las temperaturas muy altas, todo se hace lento y fatigoso. Por el contrario, el frío es tan sombrío, tan inhóspito... ¿Usted qué prefiere, Ashley?

Hablando de eso, creo que ha llegado el momento de alimentar este fuego. Sólo quedan unas pocas brasas, ¿lo ve? Mírelas, almirante... Obsérvelas con detenimiento. Casi no es posible creer que son todo lo que queda de aquellos gruesos leños que coloqué hoy en este lugar. Buena madera, tan fuerte y tan noble, reducida ahora a pequeños fragmentos envueltos en ceniza. ¿No es raro el fuego, Ashley?

Nos parecemos a estos leños, hay que admitirlo: somos fuertes, enteros, nada puede abatirnos. Y terminamos en nada, en poco más que nada.

Todos tenemos un destino trágico, porque en el final

nos espera la muerte. No importa lo que hagamos, amigo. No importan ni la cantidad de victorias ni la cantidad de derrotas. Terminaremos envueltos en ceniza, como estos leños, sin que a nadie le importe lo que hemos sido.

NOTAS (3)

"He sido objeto de las peores bromas y de los más execrables fastidios, todo ello por haberse falsificado la verdad de lo sucedido con el general Laveaux.

Mis órdenes eran precisas: tomar la ciudad de Jeremie, al sur, y resolver un levantamiento de negros cimarrones. Si con algo no contaba, era con hallar en mi camino al ejército francés.

Pensé que todos teníamos algo para perder y propuse entonces al comandante enemigo, con las consideraciones del caso, entregarle la suma de 5.000 libras a cambio de franquear mi paso. La propuesta no fue bien recibida. Exaltado, el general Laveaux, me acusó de cohecho y me retó a duelo. No tuve más remedio, pues, que enfrentarlo en batalla. En dicha batalla perdí 78 hombres, entre muertos y heridos. Perdí también gran cantidad de municiones. Por sobre todo, perdí ocho horas de valioso tiempo. Sin dudas, hubiese sido mucho más beneficioso entregar aquellas 5.000 libras.

En cuanto a Laveaux, he de decir que perdió más de los tres cuartos de su ejército."

Fragmento de la carta enviada por el teniente coronel John Whitelocke a Lord Tardwell, Puerto Príncipe, 24 de enero de 1794.

XIV

Las cenizas y el tiempo. El porqué de las cosas. El capitán George B. Sternwood y la obediencia. Inglaterra. Las órdenes descabelladas. El mayor Hurley reconstruyendo la casa de los pescadores, allá en Three Names.

Three Names... con su niño muerto cambiando, al fin, el curso de la Historia.

¿Diría usted que he perdido la razón si le cuento eso... si le cuento que el cadáver de un niño, un solo niño, alteró el destino de países ubicados en el otro lado del mundo?

No dejo nunca de preguntarme qué hubiera sido de Buenos Aires y de Sudamérica toda, si aquel 6 de julio, después del primer combate del día anterior, yo hubiese decidido un ataque final, con todas mis fuerzas, a cara o cruz.

Es notable cómo la Historia se moldea, cómo adquiere su forma última, muchas veces influida por acontecimientos remotos y pequeños. El secretario de Guerra olvida hoy darle cuerda a su reloj... ¿Quién puede asegurarnos que ese hecho minúsculo no terminará, a través de una sucesión de efectos cada vez mayores, desatando una guerra? ¿Qué porción del destino ha alterado usted con cada enemigo que ha eliminado? ¿Qué secreto e inalcanzable futuro destruimos cada vez que aplastamos una mosca?

Lo obligo a pensar, almirante... Lo lamento. Lo lamento de veras. El pensamiento ha sido siempre mi carga y mi condena. Se trata de un ejercicio que simplemente no puedo evitar.

Three Names, el pueblo con forma de cruz, decidió la suerte del continente completo. Y lo curioso del caso, mi amigo, es que soy la única persona del mundo que lo sabe.

Lo sé ahora, naturalmente. Ni siquiera pude sospecharlo cuando me quedé en aquella taberna, pensando en el mayor Hurley y en la absurda misión que le había encomendado.

Creo haber dicho ya que Hurley era un hombre rápido, sagaz y absolutamente efectivo: durante el anochecer de ese mismo día, la tarea de reconstrucción de la casa se hallaba prácticamente finalizada.

Aún no se había ocultado del todo el sol, cuando el mayor se hizo presente en aquel lugar al que monsieur Drumond se empeñaba en llamar "Gobernación", lugar que no era otra cosa más que una simple alcaldía.

Hurley se presentó ante mí con una lista de los materiales utilizados y anotaciones sobre los tiempos empleados, cosas que yo ni siquiera había pedido. Pregunté si la casa era habitable, a lo que Hurley respondió afirmativamente, agregando que dos de los moradores, un hombre y una mujer, habían besado su mano al fin de la obra.

—Buen trabajo, mayor. A partir de ahora, quiero que usted cumpla funciones a mi lado —dije.

Esa noche decidí cenar solo, en un amplio salón, sobre una mesa larga y refinada. Recuerdo un sabroso pescado frito, con una salsa de color verde, irreconocible aunque exquisita; recuerdo una copa de brandy y un cigarro; recuerdo también las voces del exterior, los guardias discutiendo con alguien.

Sé que me levanté y que miré por la ventana. Uno de los soldados negaba, enfático, con la cabeza. La oscuridad no me permitió reconocer a las otras dos figuras que se le enfrentaban.

Salí a la calle. Ahí estaban el pescador y la muchacha de los ojos café. Al verme, el hombre dio dos pasos y cayó de rodillas ante mí. Lo tomé de un brazo y lo obligué a que se incorporara. Pregunté entonces a uno de los guardias qué era lo que ocurría. El soldado respondió que no lo sabía, pero que insistían en ver al general. El general, ascendido de golpe, era obviamente yo. Indiqué a mis guardias que se despreocuparan, franqueé la puerta de madera maciza e hice ingresar al hombre y a la muchacha. Una vez en la sala, levanté ambas cejas, esperando alguna explicación. El hombre, entonces, sin perder en ningún momento su sonrisa desdentada y del todo deleznable, señaló con ambas manos a la muchacha.

—Hija —indicó en un inglés bastardo—. Mi hija.

—Usted —dijo luego, colocando una mano sobre mi hombro. Enseguida dirigió las puntas de sus dedos hacia la ventana.

—La casa... la casa... usted...

Hizo luego que su hija avanzara y quedase frente a mí.

—Mi hija... usted... —señaló, y juntó ambas manos.

Entendí que el pescador había venido a pagar su nueva casa, y que el pago consistía en una hija casi adolescente.

Me hubiese gustado improvisar algún breve discurso sobre la dignidad; me hubiese gustado, incluso, borrar aquella sonrisa servil con un disparo de mosquete. Pero nada de eso hice. Me limité a señalar la puerta y a ordenarles que se retiraran.

—Yo no quiero irme, general —dijo entonces ella, en un inglés no del todo bien pronunciado aunque bastante fluido.

Pregunté cómo se llamaba. Por primera vez escuché de sus propios labios el nombre "María".

Expliqué pues que yo no deseaba compensación alguna por la reconstrucción de la casucha. Y menos aún ese tipo de compensación.

—Usted no entiende, general. Fue idea mía, no de mi padre —dijo ella.

—Soy John Whitelocke —aclaré—. Teniente coronel John Whitelocke. Mi rango no es el de general.

Pregunté luego dónde había aprendido mi idioma.

María sonrió, con una sonrisa blanca y deliciosa.

—Hace ya tiempo que ustedes están por estas tierras. Los soldados vienen y van —respondió.

Pregunté entonces si conocía a muchos soldados. Ella dijo que sí, pero que yo era su primer general. Repetí que mi condición era la de teniente coronel, y los invité nuevamente a que se retiraran.

—Como usted prefiera —dijo ella, y salió rápidamente de la sala.

El pescador, sin perder la sonrisa, señaló la copa de

brandy sobre la mesa. Giré, tomé la botella y se la entregué. Luego, casi a los empujones, lo llevé hasta la calle. El hombre intentó darme su mano, pero lo rechacé. Me saludó con un gesto, miró la botella bajo su brazo y desapareció en la negrura de la noche.

Pregunté a los guardias hacia qué lado se había dirigido la muchacha al salir. Los dos hombres se miraron.

—Nadie ha pasado antes por aquí, señor —dijo uno de ellos.

Saludé a ambos, cerré las puertas de la casa y corrí escaleras arriba. Titubeé apenas dos segundos antes de ingresar en la habitación principal.

¿Cómo relatarle a usted con absoluta precisión, Ashley, lo que entonces vi? Sobre la cama blanca, la mujer más morena, más apetecible, más desnuda que usted pueda imaginar, esperando por mí.

XV

Creo que, según está a la vista, almirante, mi vida actual es un sitio simple. Después de la corte marcial, todo se ha visto drásticamente reducido a la mayor sencillez.

Leo. Leo bastante. He descubierto (o redescubierto, para mejor decir) a gente importante. William Shakespeare, por ejemplo.

Paso largas horas en este mismo sillón, mirando el fuego. Desearía vislumbrar cuál es la verdadera forma del fuego, pero eso es algo que aún no logro.

Casi no salgo de la casa. Me complace visitar rincones nunca antes advertidos, pequeñas rajaduras en la mampostería, manchas de humedad, detalles.

He comenzado a escribir un borrador de mis memorias como soldado. Pienso omitir en ellas a María y, naturalmente, a las verdaderas causas de la rendición en el Río de la Plata. En ocasiones me pregunto a quién podrían llegar a interesarle esas memorias; "A John Whitelocke", me respondo siempre.

Juego largas partidas de ajedrez conmigo mismo. Me place armar estrategias dobles, de ida y de vuelta.

Bebo brandy. Y jugo de naranjas, por las mañanas. Bebo poco té. Lady Whitelocke, casi siempre encerrada en su cuarto, casi siempre en cama, aquejada por sus constantes dolores de cabeza, bebe varios litros de té por día. Yo bebo brandy.

Desde aquel ventanal veo los atardeceres, siempre idénticos, siempre diferentes, siempre misteriosos, cayendo sobre Londres con silenciosos trazos de púrpura y violeta.

Escribo cartas. Decenas de cartas dirigidas a viejos amigos, a viejos camaradas. Me jacto de haber recibido, hasta hoy, menos de media docena de respuestas.

Rememoro muchos momentos con María, claro.

De vez en cuando vienen a la casa mi hija mayor y su esposo. Sospecho que ambos están avergonzados de mí, pero no hay nada que pueda hacer yo al respecto.

En ciertas noches voy al cuarto de Anne, la criada que usted conoció hace un rato, al entrar en la casa. Anne es delgada, pero de caderas firmes. Habla poco. Cuando voy a su cuarto, ella me desnuda de la cintura para abajo y lame mi sexo. Lo hace sin pasión y sin lujuria; lo hace como si realizara cualquier otra obligación de la casa.

Almuerzo muy frugalmente y casi no ceno. No discuto con nadie. Respeto los horarios sólo por exceso de costumbre. Soy muy generoso para el consumo de tabaco. De vez en cuando me duele un poco la espalda, apenas por encima de la cintura.

En general, pienso. Pienso en el éxito y en el fracaso. Pienso en el ejército y en Inglaterra. Pienso en la vida y en la muerte. Pienso en el destino de los hombres y en los elementos que entretejen sus actos y sus suertes para depositarlos en la cúspide o en el abismo. Pienso también en Dios. Pienso en la existencia de Dios. Pienso en la puta existencia de Dios. Y también, a qué negarlo, pienso en el Diablo.

Creo que, según está a la vista, almirante, mi vida actual es un sitio del todo despreciable.

XVI

¿Pero qué cosa puedo decirle a usted con respecto a aquella primera noche con María? Ella cumplió con su papel de hembra de un modo que podríamos calificar de sublime. Nunca antes... entienda bien esto, almirante, por favor... nunca antes había tratado yo a una mujer tan intensa, toda movimiento y entrega. María conocía al detalle las diversas maneras de brindar placer, pero también (lo que es más raro en una hembra) conocía todas las maneras de recibirlo.

La amé durante aquella noche entera, casi sin tregua. Ella se dejaba dominar de un modo absoluto, y al mismo tiempo, extrañamente, me dominaba por completo. Su piel... su piel... podría hablar durante horas de su piel, tan suave, tan llena de exigencias, tan voraz.

Durante aquellas horas prolongadas yo tuve frente a mí, por vez primera, a la más exquisita de las putas que haya pasado por este mundo. Menudo y maleable, aunque firme, el cuerpo de María no me otorgó ninguna otra cosa que no fuera placer. Y quiero que sepa usted, amigo, que en el primer contacto de mi boca con aquellos pezones del sabor del azúcar, supe que me convertía en un hombre perdido.

Al día siguiente de ese encuentro, partí hacia Port Prince para dar a mis superiores los partes oficiales de la toma del pueblo, pero me las ingenié para retornar a Three Names varias veces durante las siguientes semanas. En aquellos días, descontrolado, lo único que llenaba mi cabeza era María. No temo confesar, almirante, que dejó de importarme todo lo que estuviese fuera de aquellas manos calientes y únicas.

Después vino un año en blanco. Lady Whitelocke enfermó gravemente, altos picos de fiebre y convulsiones de desconocido origen, lo que obligó su traslado a Port Royale, Jamaica, para una más adecuada atención. Algunos médicos, incluso, opinaron que lo mejor para su salud era un pronto regreso a Londres, aunque nadie se atrevió a dar semejante indicación, debido a lo largo y extenuante del viaje.

Yo dividí mi tiempo entre las tareas como intendente en Port Prince y los frecuentes permisos de embarque para visitar a mi esposa. Algunas campañas en el interior de Santo Domingo terminaron de robarme el tiempo como para que Three Names siempre resultara un punto demasiado lejano.

Con los meses, mi esposa comenzó a recuperarse lentamente de su extraña afección, hasta el día que sanó por completo y pudo reunirse nuevamente conmigo. Pero yo había estado casi un año sin ver a María, sin tocarla, sin besarla, pensando siempre en ella, de modo que en la primera oportunidad que tuve, decidí trasladarme unos días a su pueblo.

¡Si yo fuese capaz de narrar a usted hasta qué punto mi ánimo se excitó al enfrentar nuevamente aquella enorme cruz con el mar como fondo...!

Volvía yo a María, a sus brazos, a la tibieza de su boca, a su sexo solidario, a su piel pensada para la caricia. Volvía yo a María.

Sin presentarme ante el mayor Campbell (el oficial a cargo del pueblo), sin hacer ninguna otra cosa, cabalgué directamente hacia la casucha del pescador. Era una mañana ventosa, y desde el mar llegaba un inconfundible olor a sal.

En la puerta de la casucha, con sus interminables ojos café, María. En brazos de María, un niño.

—Creí que se había olvidado de mí —dijo ella.

—¿Y ése? —pregunté sin descender del caballo—. ¿Quién es?

—Éste es su hijo. Es un varón.

—¿Un hijo? ¿Y quién ha dicho que ese hijo es mío? ¿Y quién ha dicho que yo necesito un hijo?

XVII

María. Mi amante. Mi víctima. María cayendo sobre mí en medio de la noche. María del olor a mar y del sabor a hembra. La de los pechos como algodón y la piel ansiosa. La de los gemidos prolongados y las caricias profundas. La que alteró mis planes. La que alteró mi vida. La que se instaló en mí, dentro de mí, más allá de mis sueños de siempre, más allá de mi gente, de mi carrera, de mi patria.

María viva, con su sangre como ríos correntosos golpeando en mi sangre. María de ojos abiertos, iluminando cualquier herida, cauterizándola.

María del inglés mal pronunciado y los besos tibios. María del fuego y la sed, la productora de la vida, la majestuosa productora de la más intensa vida.

María muerta, los ojos infinitamente cerrados, la sangre quieta, mi propia orden partiendo su existencia a la mitad. María, aquella a quien ya no volveré a ver jamás, a menos que haya un mundo más allá de este mundo.

María muerta. Yo muerto. Yo, respirando, caminando, hablando, viviendo, pero definitivamente, absolutamente, irremediablemente muerto.

XVIII

Pasó un mes. No volví a Three Names. No quería volver a verla, aunque verla era lo que más necesitaba en el mundo. Tenía miedo por mi futuro. Tenía miedo por Lady Whitelocke. No me importa decir, Ashley, que tenía miedo de todo.

El general White me llamó una tarde a su despacho.

—Three Names ha caído en manos de los franceses —dijo.

Pensé que se trataba de algún error: no había franceses en las cercanías.

—Hace dos días ancló una fragata frente al pueblo. El pueblo fue tomado. Nuestros soldados fueron asesinados impiadosamente.

Me sentí repentinamente consternado, porque supe lo que vendría a continuación.

—Quiero que tome la cantidad de hombres que considere necesaria y que arrase Three Names —fue la orden.

Pregunté entonces por qué había que destruir el lugar, sin limitarnos a desalojar al enemigo.

—La gente del pueblo está con los franceses. Nos han traicionado abiertamente —explicó White.

Por primera vez en toda mi carrera, solicité ser relevado de una misión. Pensé, rápida y absurdamente, en buscar alguna manera de adelantarme a mis propias tropas para sacar a María y al niño de Three Names.

—Usted es el único oficial disponible que tengo en este momento, Whitelocke. Es, además, quien mejor conoce la zona. Debo denegar su pedido —dijo el general. Y agregó:

—Por otra parte, teniente coronel, conozco cuál es su interés en ese lugar. En mi posición, uno debe estar al tanto de todo. Pero, se me ocurre preguntar... ¿va a permitir usted que sus sentimientos interfieran con el cumplimiento de su deber?

Negué enfáticamente, aunque propuse:

—Desearía, sin embargo, señor, que antes de derribar casa por casa, se me permitiera un solo intento para lograr la capitulación del enemigo.

—Noto que usted no me ha comprendido, Whitelocke: no quiero prisioneros; quiero que Three Names entre en la Historia como un escarmiento, un futuro ejemplo para aquellos que creen que pueden ingresar así, sin más, en territorio inglés, asesinando a hombres previamente desarmados.

—Three Names puede ser un perfecto ejemplo, señor. Sólo nos basta con recuperarlo y ejecutar a los franceses y a todo aquel civil que haya colaborado activamente con ellos.

White cruzó ambas manos sobre su pecho y me miró fijamente.

—Veo que últimamente se ha entibiado usted al extremo, teniente coronel —afirmó—. ¿Y qué ganaríamos si hacemos lo que usted propone?

—Tiempo, señor —respondí—. Valioso tiempo. Además de municiones, dinero, y las vidas de algunos de nuestros soldados.

El viejo general comenzó a caminar en lentos círculos alrededor del despacho, como siempre hacía cuando estaba a punto de tomar una decisión.

—Lo peor con usted, Whitelocke, es que, no sé por qué arte del demonio, logra que yo también me entibie de repente.

Casi enseguida ordenó:

—Se hará esto: rodeará usted el pueblo con el ejército. Luego comisionará a un hombre para que tramite la rendición francesa. Dicha rendición será exigida en el plazo de una hora y sin condición alguna. Cumplida la reconquista del lugar, se encargará usted en persona de ejecutar sin más trámite a todos los oficiales enemigos y a los civiles que participaron en el episodio. ¿De acuerdo?

—Sí, señor.

—Que la gente no quede en las casas. Quiero que todos sean testigos de las ejecuciones.

—Comprendido, señor.

—Algo más, Whitelocke: si al cabo de una hora, no hay respuesta del francés, quiero que Three Names sea nivelado con el suelo. Y quiero también que, una vez cerrado el episodio militar, permita usted a las tropas causar estragos sobre la población civil que aún quede con vida. El terror es siempre un excelente aliado para el futuro.

Saludé a mi jefe y me retiré. Créame si digo, Ashley,

que mi cabeza era en ese momento un incesante tambor, una ráfaga de sentimientos cruzados. Tuve la sensación de que mi sola —y desesperada— palabra había salvado la vida de la mujer que amaba. Y también la de aquel que muy posiblemente fuera mi hijo.

Esa misma noche, al frente de una robusta columna de más de seiscientos hombres, partí por última vez hacia Three Names.

XIX

Sobre el amanecer del siguiente día, mi ejército rodeaba completamente el pueblo. Cinco piezas de artillería mayor y ocho obuses de a seis fueron emplazados a tramos regulares, para el caso de que fuese necesario un bombardeo generalizado. Mis esperanzas, en todo caso, estaban del lado de la comprensión del asunto por parte de los franceses: no acatar la intimación significaría una muerte segura e indiscriminada.

Hice instalar mi tienda de campaña en una pequeña elevación del terreno, desde la cual podía divisarse buena parte del villorrio y la casi totalidad de mis tropas, dispuestas en una suerte de semicírculo que cerraba con la playa y el mar.

Observé toda la escena con el catalejo: cada calle de la gran cruz culminaba en una barricada de troncos, bolsas y piedras. Por lo demás, el pueblo parecía haber olvidado cualquier vestigio de vida. El silencio era algo más que notable. Llevando el ojo hacia la plaza central, sin embargo, podían verse los cuerpos de nueve soldados ingleses, balanceándose apenas, colgados de un improvisado patíbulo. Uno de esos cuerpos era el del mayor Campbell, a quien yo había dejado a cargo del lugar al poco tiempo de tomar el pueblo por primera vez. Otro de los cuerpos pertenecía al mayor Derrison, del 13 de infantería, a quien seguramente monsieur Drumond le habría jugado alguna mala pasada.

Vi una bandada de gaviotas cruzando el cielo de este a oeste, perdiéndose luego mar adentro. Pensé que no hubiese sido del todo malo formar parte de aquella bandada.

El mayor Hurley, mi segundo a cargo, interrumpió la escena. Venía acompañado por otro hombre.

—Permiso, señor. Tropas y artillería en posición. Todo listo, señor.

—¿Ya obtuvo un voluntario, Hurley?

—Sí, señor. Aquí está. Teniente David Forwick.

Forwick dio un paso al frente y saludó de manera marcial.

—Bien, teniente —dije—, aquí tiene los pliegos. Entréguelos sólo a quien esté a cargo, aguarde respuesta y regrese aquí de inmediato.

Y agregué:

—Sea cuidadoso, teniente.

El hombre montó su caballo y partió al trote corto hacia el corazón de la cruz, las riendas en una mano, la gran bandera blanca y los papeles de capitulación en la otra.

La escena, Ashley, era la siguiente: el ejército en línea, latente, conteniendo la respiración, las bocas de los cañones mirando hacia el pueblo, el mayor Hurley y yo siguiendo con nuestros catalejos la serena marcha de

Forwick, el cielo pertinazmente azul, el calor de siempre comenzando a hacerse sentir a pesar de lo reciente del amanecer.

No quiero mentir, almirante, pero creo que pensé en Dios. Seguro pensé en María, pero me parece recordar que también pensé en Dios.

El disparo fue tan sorpresivo que casi no puedo describir el momento con auténtica fidelidad. El disparo fue tan inesperado que sólo pude pegar mi vista al catalejo y observar, casi sin poder creerlo, cómo el teniente Forwick caía de su caballo y golpeaba violentamente contra el suelo, sin soltar, aún después de muerto, ni la bandera blanca ni los pliegos de capitulación.

Hurley lanzó una maldición en voz alta. Yo seguía aferrado al catalejo, como si ese simple acto pudiera restablecer a Forwick, empujándolo a concluir con la misión asignada. Comprendí en ese momento que el fusil francés no sólo había asesinado a un parlamentario desarmado, sino que, mucho más gravemente aún, había instaurado la sentencia de muerte sobre el pueblo entero.

—María —pensé. Y entré en mi tienda de campaña.

Me senté en un improvisado banco tratando de reflexionar, sabiendo, no obstante, que no habría ni tiempo ni espacio para salidas mágicas.

Pasó un breve rato y el mayor Hurley ingresó en la tienda.

—Los hombres esperan sus órdenes, señor.

—Imagino que sí, mayor. Ya las tendrán.

Hurley se retiró, pero regresó a los pocos minutos.

—Los oficiales informan que les resulta difícil contener a la tropa, señor. Los hombres están furiosos, señor.

—¡Pues que aprendan a controlarse, mierda! ¿Son soldados o niñas de claustro?

Hurley no respondió, aunque en sus ojos pude ver que él, por lo general un hombre reflexivo, estaba también ahora deseoso de entrar en acción y de someter definitivamente a esos malnacidos franceses.

Me incorporé. Salí de la tienda y observé a las tropas. Después eché un último vistazo sobre Three Names.

—Dé orden de inicio a la artillería —dije entonces al mayor Hurley—. Fuego a granel.

Me retiré otra vez a la tienda. No quise ser testigo de lo que vendría. A los pocos instantes, el primer cañonazo hacía blanco en el pueblo.

Recuerdo que encendí un cigarro y que me serví una copa de brandy, absolutamente destruido en mi ánimo. Si hay alguien en este mundo con el espíritu derrumbado, amigo mío, le aseguro a usted que es aquel que ordena a sus propios hombres que disparen sobre la mujer que ama. No puede haber cosa peor, lo juro.

Arrojé el cigarro y la copa al piso y los aplasté con mi bota. El cañoneo era ahora incesante. La tierra temblaba una y otra vez, y cada temblor repercutía en mi estómago.

Salí al aire libre. Three Names comenzaba a arder.

XX

¡Tanta distancia entre el hogar y uno! ¡Tanto brío descargado en asuntos que parecían importantes y que al fin no lo eran! ¡Tanta pasión puesta al servicio de la muerte!

No puedo dejar de pensar en estas cosas, almirante: los hombres caídos... los miles y miles de hombres caídos sin una razón de verdadero peso.

He vivido dando batallas contra aquellos que Londres signaba como mi enemigo. Y he quitado vidas, muchas vidas (tal vez preciosas algunas de ellas) sin saber nada sobre aquellos hombres.

La razón pierde fuerza ante estos pensamientos. Todo se vuelve confuso y enigmático y extremadamente falto de sentido. ¿Quiénes fueron los hombres a los cuales quité la vida? Algunos de ellos, posiblemente, podrían haber sido mis amigos, tanto como usted.

¿Quiénes fueron? ¿Para qué vivieron? ¿En nombre de qué o de quién murieron? Recurrir a la sórdida idea de la voluntad indescifrable de Dios no me alcanza, como tampoco me alcanza nombrar reyes o países.

Yo viví cada una de esas muertes como una inmensa victoria personal. Cada enemigo fuera del mundo me hacía más grande. Fui un imbécil, claro. Porque a pesar de lo que se enseñe en las academias militares y en los libros de Historia, a pesar de lo que la imaginación del vulgo eleve a nivel de los altares y la idolatría, yo digo, estimado Ashley, que no puede existir ninguna victoria personal cimentada en una bota que pisa sangre desconocida. Y eso, aunque la superioridad indique que se trata de sangre enemiga.

Piense esto: mi adversario tendrá intenciones que son, como mínimo, contrarias a los intereses de mi país. Eso puede ser cierto. Pero ¿cómo puedo yo conocer cuáles son sus convicciones últimas, sus íntimas certezas, sus reales pensamientos, más allá de lo que marquen las banderas y los uniformes?

Sé que no se halla usted de acuerdo conmigo. Enfrentar estos asuntos es como admitir que uno ha existido sólo dentro del error.

No me juzgue perdido, se lo ruego: sé bien que la bota que pisa sangre desconocida es la misma bota que funda imperios. Roma o Inglaterra no nacieron de ninguna otra forma que no fuese ésa. Pero ¿qué pueden interesarle una nación o un imperio a quien ha mandado al cadalso a su propia hembra y a su propio hijo?

Respóndame, Ashley, por favor... ¿qué importancia puede tener un imperio obtenido de esa manera?

Yo no temo decir que he vivido una vida falsa, almirante; una vida que creí construir sobre bloques de piedra. Y ya casi en el final, digo lastimosamente que esos bloques estaban hechos de simple papel.

XXI

Bloques de papel. Mi corazón era eso: un bloque de papel que se arrugaba más y más con cada cañonazo arrojado sobre el pueblo de Three Names. ¿Qué hubiese hecho usted en mi lugar, almirante? No es fácil responder. Lo sé, no es nada fácil.

Pedir mi caballo con la mayor de las urgencias, montar en él y partir al galope, el gesto sorprendido de Hurley y de algunos de sus hombres, las explosiones ahondando la mañana, el olor de la pólvora llenando el aire, llegando de pronto al desprevenido olfato. Pedir mi caballo y partir al galope hacia la gran cruz, la sola idea de salvar a María, de evitar su muerte, sin capacidad para medir ninguna consecuencia.

Eso hice, Ashley. Sin pensar en nada, hice sencillamente eso.

¿Que fue una locura? ¿Que mis sentimientos fueron superiores a mi noción sobre el deber? ¿Que podrían haberme matado con una facilidad más que extrema? ¿Que abandoné mi puesto de combate sólo por una mujer, una simple mujer? Sí, almirante, tiene usted toda la razón. Pero eso fue lo que hice.

Acicateé al caballo lo más que me fue posible, punzándolo con una bayoneta sobre el lomo para que corriera sin tregua alguna. En los últimos tramos del galope, el bombardeo cesó de golpe. Sospeché que Hurley, para protegerme, habría dado la orden de alto el fuego.

Frente a mí, las casuchas, la calle de María, la alta barricada. Lo último que vi fueron las anchas columnas de humo saliendo de todas partes. Enseguida, un topetazo brutal derrumbó secamente a mi caballo y yo salí despedido por el aire. El resto es negro, sin sonidos ni olores; el resto es aquella franja sin movimiento ni ideas dentro de la cual yo perdí definitivamente a María.

Al abrir los ojos, el rostro de un Hurley borroso se asomaba a mí, rodeado por la tela interior de mi tienda de campaña.

—Teniente coronel... está usted de nuevo con nosotros... —dijo, casi exultante, mi segundo.

Me llevó apenas un instante reconocer la situación, el catre de campaña, el agudo dolor de cabeza zumbando desde adentro hacia afuera.

—¿Qué pasó, mayor? —pregunté a duras penas, tratando de incorporarme.

—Mataron a su caballo y usted perdió el sentido, señor. Por un buen rato lo creímos a usted muerto. Afortunadamente, el enemigo creyó lo mismo, señor.

El mayor Hurley hizo gala de prudencia y en ningún momento preguntó por qué había tomado yo una actitud tan enloquecida.

—¿Y Three Names? —quise saber.

—Enteramente en nuestras manos, señor.

Logré ponerme de pie, pero las piernas me temblaban un poco.

—¿Número de bajas, mayor?

—Siete muertos, veintitrés heridos, señor.

—¿Y los franceses?

—Casi no hay sobrevivientes, señor.

—¿La gente del pueblo?

—Casi no hay sobrevivientes, señor.

Sentí un mareo repentino, pero me mantuve de pie.

—Consígame un caballo, Hurley.

—El médico dijo que sería conveniente guardar algún reposo, señor.

—Consígame un caballo, Hurley.

La flaca esperanza de encontrar a María aún con vida me animó, pese a mi estado de confusión, a cabalgar nuevamente en dirección al pueblo.

Aquella imagen de Three Names es algo que no olvidaré, Ashley. Prácticamente no había construcciones en pie, salvo algunas alrededor de la plaza. De verdad el pueblo había sido nivelado con el suelo, tal la orden del general White. Múltiples incendios reemplazaban a lo que antes habían sido casas. Humo y muerte. Desolación.

Cabalgué hasta la entrada misma de la choza que el mayor Hurley y sus hombres habían reconstruido para María y su familia. Casi por milagro, la choza era una de las pocas que aún se mantenían intactas.

Fuera de la casucha, sobre un costado, dos cadáveres juntos, semicarbonizados y aún humeantes. Unas pocas motas de pelo sobre la cabeza sin rostro me indicaron que allí estaba lo que alguna vez había sido la madre de María. Sospeché, sin poder confirmarlo con seguridad, que el otro cuerpo era el del padre.

Entonces entré. Mis ojos vieron una gran bolsa de harina desparramada por el piso de la vivienda, algunas maderas rotas, unas velas, un abanico muy fino que vaya usted a saber cómo habría ido a parar allí. El resto parecía en orden. Descorrí enseguida una tela rústica que, a manera de cortina, colgaba en el fondo del cuarto único. Detrás de aquella tela había una cama pequeña. Sobre la cama pequeña, María. Sobre la cama pequeña, amigo Ashley, María desnuda, sus piernas abiertas, sus manos y sus pies atados furiosamente a los tirantes de madera. Sobre la cama pequeña entonces, querido amigo Ashley, el sexo de María dejando escapar un rastro de sangre casi seca. Sobre la cama pequeña entonces, mi muy querido amigo Ashley, los ojos color café abiertos de un modo horroroso, el cabello como una cascada sobre los hombros suaves, la garganta de María abierta de un tajo absolutamente eficaz.

¿Cómo describir lo que se siente en un momento así? ¿Cómo decir que uno desea morir un millón de veces, que uno desea arrancarse los dientes, los cabellos, el estómago, para no dejarla allí tan sola, tan martirizada, tan muerta?

Todo parecía reducirse dramáticamente a que mis hombres habían cumplido la orden de White: atacar y causar estragos entre los civiles. Pero de alguna manera yo, el altivo teniente coronel, el fino militar educado en las mejores instituciones, también había dado esa orden.

Hubiese querido poder gritar, almirante. Hubiese querido poder llorar hasta el fin de los tiempos. Pero un soldado carece de lágrimas; simplemente nace sin ellas. Así que a cambio, me quedé allí un buen rato, sólo observando a María; sólo observándola, sin saber de qué manera decirle que la amaba.

Al fin salí de la choza. Mi alma parecía haberse derretido y no supe qué hacer, ni hacia dónde dirigirme. El dolor de cabeza seguía martillándome.

De pronto oí gritos. A poca distancia, no muy lejos de la barricada que antes había cerrado esa calle, un grupo de soldados. Debido a mi estado y a la humareda que borroneaba todo, no pude comprender, con el primer vistazo, qué era lo que hacían. Formaban un círculo y se movían, eso sí. Al acercarme, comprobé que en el centro del círculo había un hombre. El hombre era un oficial francés, completamente desnudo de la cintura hacia abajo, las manos atadas atrás, una venda cubriendo sus ojos. Los soldados lo azuzaban con sus bayonetas y lo obligaban a caminar, descalzo, sobre un montículo de brasas. El francés gritaba con enorme desesperación. El juego consistía en permitirle salir unos instantes de las brasas, para luego empujarlo nuevamente con las bayonetas desde todas las direcciones a la vez, no dejándole más remedio que apoyar sus pies en el fuego, calcinándose. El hombre presentaba pequeñas llagas en todo su cuerpo e innumerables hilos de sangre.

Me acerqué un poco más.

—¡Atención! —señaló alguien al verme, y el juego cesó. El oficial francés cayó de rodillas, gimiendo, ya fuera de las brasas. Enfrenté al soldado más próximo y le pregunté si su fusil estaba cargado. El hombre respondió que no. Ordené que lo cargara. El hombre cumplió al instante. Ordené que me entregara el fusil. Coloqué la boca del cañón a la altura del rostro del francés y apreté el gatillo. El francés se desmoronó hacia atrás. Su sangre saltó en varias direcciones alcanzando a algunos de los soldados, manchando, incluso, mi mano derecha y parte de la bocamanga de mi chaqueta.

—Al enemigo se lo mata. Pero no se lo martiriza —dije, dejando caer el fusil.

Los hombres quedaron allí, en posición de firme. Les di la espalda, até las riendas del caballo a una cerca en ruinas y, sin haberlo decidido previamente, dirigí mis pasos hacia la plaza central. En ese momento no tenía certeza alguna sobre lo que estaba buscando. Muy poco había quedado de la gran cruz y todo el aire se enrarecía con olores a pólvora y a carne chamuscada.

Pero no alcancé a andar demasiado, porque encontré de repente un panorama atroz: una niña muy pequeña crucificada en mitad de la calle. Simplemente no pude creer aquello que mis ojos me señalaban como evidencia, almirante: algunos de mis hombres, algunos de mis propios hombres, se habían tomado el trabajo de atravesar entre sí dos maderas y de clavar en ellas a una niña.

Me quedé quieto, sin reacción alguna. La cruz se alzaba frente a mí como un verdadero símbolo de la locura humana. La pequeña tenía la cabeza hacia abajo, su mentón contra el pecho; de sus manos perforadas no dejaba de brotar sangre. La sangre cubría casi por completo un vestidito pobre y rasgado. Era una niña de verdad hermosa. No necesité tocarla para saber que ya estaba muerta.

Seguí mi camino. Los uniformes rojos estaban por todas partes, bebiendo y riendo. Casi entrando en la plaza encontré otras dos crucifixiones: esta vez eran dos niños, no tan pequeños, uno al lado del otro.

Ya en la plaza, el panorama empeoraba aun más: cadáveres en todas partes, algunos desnudos, algunos mutilados, algunos todavía quemándose. Los nueve camaradas asesinados ya habían sido bajados de las horcas y llevados a otro sitio; a cambio, en el campanario de la diminuta e incomprensiblemente aún intacta iglesia, colgaba monsieur Drumond con su levitón lustrado, ya sin reverencias exageradas. Desde el centro de la plaza no podía contemplarse (salvo tres o cuatro casas) casi ninguna otra cosa que no fuesen ruinas. Incendios, algún grito, tierra arrasada.

Algo más, Ashley: sobre el terreno pelado y algo lúgubre de aquella plaza, había otras cruces. Y cada una de esas cruces contenía un niño muerto.

Mis ojos han visto muchas cosas, almirante. Créame: muchas cosas. Han visto a la muerte, por ejemplo, bajo todas las apariencias que la muerte es capaz de adoptar. Le aseguro, sin embargo, que se halla usted muy lejos de poder siquiera imaginar con alguna aproximación lo pavoroso de aquella escena.

Creo que llamé a un soldado cualquiera de los muchos que daban vueltas por el lugar y le indiqué que buscara al mayor Hurley. No sé muy bien cuánto tiempo habrá tardado el mayor en encontrarme, pero lo cierto es que durante varios minutos no pude apartar mis ojos de las cruces.

Fue entonces cuando tuve la idea: yo no había revisado los fondos de la casa de María. De manera que hacia allí regresé, corriendo, para encontrar otra vez los carbonizados cuerpos del pescador y de su mujer. Rodeé la casucha y hallé de pronto, entonces sí, al niño, tan pequeño, clavado a la cruz.

Ya le he dicho a usted que en ese momento perdí por

completo la noción del tiempo. Lo próximo que recuerdo es al mayor Hurley, parado frente a mí, preguntándome si lo había mandado llamar.

—¿Quién es el autor de esto? —interrogué apenas, en voz muy baja, señalando la cruz.

El mayor sonrió.

—Fue una idea de algunos hombres, señor.

—¿Con qué objeto, Hurley?

—Bien, señor... —comenzó a explicar mi segundo, comprendiendo de golpe que el asunto no me parecía divertido—. Dado que en este lugar todos parecían ser tan creyentes, y resultaron, a la vez, traidores a Su Majestad, alguien pensó que sería bueno que los hijos de Three Names murieran llevándose consigo la forma que tiene la villa.

Decir la palabra *horror,* almirante, es casi no decir nada. Sentí asco por Hurley, sentí asco por el ejército entero, sentí asco por mí. Estuve casi a punto de vomitar. Pensé en pedir algunos nombres, en iniciar algún tipo de investigación; pensé también que nada de eso tendría sentido alguno.

Aspiré una profunda bocanada de aire y cerré mis ojos. Sin abrirlos, dije:

—Que entierren a este niño y a la mujer que está adentro. Luego quiero que todo aquello que ha quedado en pie en este pueblo sea quemado.

—Comprendido, señor —respondió Hurley, y se marchó a cumplir mis órdenes. Yo caminé hacia la playa, fuera del pueblo. El mar estaba más azul que nunca. Hundí mis botas en la arena y me quedé esperando algo, aunque no supe qué. Lejos de la orilla, aguas adentro, la fragata que había traído a los franceses ardía incesantemente y comenzaba a hundirse por la proa.

¿Qué haría yo con mi vida, almirante?

Vi una nueva bandada de gaviotas, semejante a la de la mañana, llegando esta vez desde el mar. Pensé que si yo hubiese tenido la fortuna de pertenecer a esa bandada, podría haber visto en ese momento, desde la altura, una gran cruz negra y humeante, sin comprender del todo su significado.

Lamentablemente, no formaba parte de ninguna bandada, al menos no de pájaros.

—"Alguien pensó que sería bueno que los hijos de Three Names murieran llevándose consigo la forma que tiene la villa" —dije de pronto en voz alta, en medio de la soledad de la arena.

¿Qué haría yo con mi vida, almirante?

Desde el pueblo llegaron tres explosiones seguidas, violentas. Hurley hacía lo suyo: los restos de Three Names comenzaban a ser tragados por el fuego.

Allí me quedé por un buen rato, de pie en la playa, sin hacer absolutamente nada, viendo los incendios, los inútilmente purificadores incendios. Pensé entonces que en algo me parecía a Dios. ¿O es que acaso Dios no envió a la muerte a su propio hijo, amigo Ashley?

XXII

¿Comprende usted, almirante, aquello que acabo de narrarle? ¿De verdad lo comprende usted en toda su intensidad?

Nos ha tocado pasar por un mundo inexplicable. Es para seguir viviendo que evitamos pensar en estas cosas, que las enterramos en lo más profundo de nuestro silencio, que las evadimos como si fueran ciénagas. Pero lo cierto, amigo, es que nos ha tocado en suerte un camino extraño, a menudo espantoso.

Pregunta usted por qué causas no me alejé del ejército... Ésa es casi la mejor de las preguntas. Lo cierto es que nunca supe hacer otra cosa más que obedecer órdenes. ¿En qué otro territorio, fuera de lo militar, hubiese podido continuar con mi existencia?

Me quedé, Ashley. Cobardemente, lo admito, me quedé dentro de lo único que conocía. Al poco tiempo de los sucesos de Three Names fui premiado por mi actuación en Antillas, ascendido al grado de coronel y trasladado al Estado Mayor, en Londres. Me premiaron, almirante. ¿Se da usted cuenta?

Lo que más agradeció mi ánimo fue salir de los campos de batalla, lo que indica un sentimiento absolutamente contradictorio, ya que a la vez, de alguna manera, mi espíritu extrañaba los olores de la guerra.

Así de complicada es la cosa. Así de tormentoso es el carácter de los hombres, capaces de las acciones más sublimes y de los actos más abyectos.

¿Dónde habrá una respuesta valedera para tantos asuntos de tamaña enormidad? Quienes se apoyen en la noción de Dios tal vez puedan sentirse fuera de conflicto. Pero yo he de confesar, almirante, que hace ya un tiempo he perdido aquella idea. No se asombre: ha sido demostrado que hoy es una tarde de confesiones plenas; no puede extrañarle, pues, que las vestiduras de mi alma se rasguen hasta este punto: ya no creo en Dios. Lo cito, lo nombro, a veces incluso hasta le solicito alguna gracia. Pero no creo verdaderamente en él.

A riesgo de aburrirlo, lo digo una vez más: yo he visto muchos cadáveres; he pasado mi vida trabajando con la muerte, trabajando por la muerte, trabajando para la muerte. He visto cadáveres de hombres corrompiendo los campos y las ciudades, pudriéndose al sol, macabros y lejanos. También he visto cadáveres de mujeres calcinadas, mujeres antes plenas y posiblemente hermosas, una mueca de femenino horror en sus bocas quietas. Y lo peor, almirante: he visto cadáveres de niños, los mutilados cadáveres de la inocencia plena, los crucificados cadáveres de todos aquellos niños.

¿Cómo pensar en Dios, me pregunto, sin sentir vergüenza? Mi mano, mi propia mano, indicó a menudo la suerte de los otros. Al igual que usted, al igual que tantos otros, soy un asesino aceptado por los hombres decentes. Que mis palabras no lo hieran, amigo. Puede usted jurar que no existe nada personal en ellas. Pero es que nosotros hemos sido siempre los ejecutores de hierro, los abogados de la muerte. De un modo que no deja de ser curioso, Ashley, hemos jugado a ser Dios; hemos jugado a reemplazarlo.

Porque, almirante... yo he matado en nombre de ese Dios, en nombre del Rey y en nombre de Inglaterra. Y ahora, que ya no creo en ninguna de aquellas tres cosas, no puedo dejar de preguntarme para qué he matado.

XXIII

Una vez regresados mi esposa y yo a Londres, decidí continuar mi carrera del modo más rápido posible. Mi intención no era convertirme en un general de escritorio, pero la verdad es que tampoco deseaba (o tal vez era lo que más deseaba) retornar al campo de batalla. Para cumplir con mis propósitos golpeé algunas puertas delicadas. He jurado hace muchos años no revelar jamás este secreto, de manera que, pidiéndole a usted las disculpas del caso, no voy a revelarlo ahora. Pero digamos que la sangre real no me es del todo ajena y que, por eso mismo, algunos salones del Poder me eran franqueados con facilidad.

Veo que no comprende usted bien de qué estoy hablando, de modo que iré un poco más lejos: soy el hijo bastardo de alguien con sangre de linaje. Eso es todo lo que diré, almirante. No puedo revelarle el nombre de mi verdadero padre, pero por cierto su apellido no es Whitelocke.

¿Sorprendido? Seguro no menos que yo cuando supe

la verdad. Pero si algo he aprendido en esta vida, almirante, es a dar vuelta las cosas en mi favor, aun aquellas que se presentan como enteramente negativas.

Con la complicidad de algunos parientes muy encumbrados, llegué en 1797 al grado de teniente general. Cuatro ascensos en sólo cuatro años. ¿Cree acaso usted que yo no era merecedor de tal dignidad? Por cierto que sí lo era, Ashley. Por cierto que sí.

Tres años más tarde fui nombrado jefe de la guarnición de Carisbroke, en la isla de Wight. Es decir, la vida comenzó a fluir de un modo muy tranquilo. Mi esposa y yo nos dedicamos, por aquellos tiempos, a confraternizar con gentes diversas, a concurrir a bailes y a otros eventos sociales. Bonaparte estaba lejos. Las Antillas estaban lejos. A menudo me proponía no pensar a cada momento en María. Y a veces hasta lo lograba.

Algo que recuperé con mayor asiduidad fue el juego del ajedrez.

Si desea usted conocer rápidamente el carácter de un hombre, rételo a una partida de ajedrez. Palabras del viejo White, allá en Jamaica. El viejo White... todo un general, a quien mucho debo, a pesar de aquella orden sobre la población civil en Three Names. Digo que mucho le debo a White, almirante, entre otras cosas por haber sido el único que habló en mi defensa durante el desarrollo de la corte marcial, en Chelsea. El único.

Yo siempre jugué ajedrez, por supuesto. Había comenzado a hacerlo de pequeño, cuando estudiante de gramática en la escuela de Marlborough. Pero nunca, hasta White, había visto el asunto desde aquella perspectiva. Y al viejo no le faltaba razón en su consejo. Porque un hombre juega tal como es por dentro: organiza su estrategia con minuciosidad o es apresurado, su carácter es intrépido o conservador, resulta contundente o está lleno de flaquezas, domina los ámbitos del tablero o se deja dominar por ellos. Un hombre es su juego, Ashley. Y es por eso que después de aquellas palabras del general, comencé a jugar ajedrez con mis pares y con mis subordinados para conocer mejor a aquellos que me rodeaban.

El estúpido de Gower jamás pudo ganarme una sola partida. Jamás. En una ocasión, mientras esperábamos en Montevideo la llegada del general Craufurd y sus hombres, tuve piedad de él y le concedí tablas. Créame, Ashley, que observar con atención el juego de Gower era observar al propio Gower: audaz, aunque al fin descabellado. De carácter siempre veloz, manipulaba mayoritariamente su reina y sus dos caballos, pero una y otra vez chocaba, empecinado, con la línea diagonal de mis peones o con mis alfiles. El fracaso lo alteraba en grado sumo, y eso le imponía cometer algunas torpezas que, a la postre, daban por tierra con su rey.

Como usted bien recordará, almirante, este apresurado idiota, incapaz de superar sus errores sobre el tablero, fue quien concibió y realizó el diagrama del plan de ataque a Buenos Aires; un plan idéntico a su mentor: audaz, aunque al fin descabellado.

Es extraordinario, volviendo a lo anterior, cómo se parecen el ajedrez, la guerra y la vida. ¿Había ya advertido eso, Ashley? Sí, por cierto, por cierto ya lo había advertido usted.

Pero realmente es así: los sacrificados peones de la primera línea de combate, la caballería siempre sorpresiva, el clero y sus eternos caminos de diagonal, las macizas torres defendiendo a su rey o atacando como verdaderas piezas de artillería. Y finalmente, los dos actores principales, el rey y su dama: el primero, un poco lento y abotagado; ella, ardiente y letal a la hora de las definiciones, una suerte de Lady Macbeth a quien es mejor no echarse de enemiga.

El juego del ajedrez es el juego de la guerra. Y el juego de la guerra es el juego de la vida. Y por supuesto, es también el juego de la muerte.

Descubro que acabo de citar a Lady Macbeth y acaso dicha cita no resulte del todo azarosa, porque he de repetir, almirante, algo que ya he comentado, y es que en estos tiempos vacíos y solitarios, he regresado a Shakespeare. Debo ser sincero: cuando uso el verbo "regresar" es sólo un modo de decir, porque en verdad yo nunca antes había leído seriamente a Shakespeare. Por supuesto, en ciertos momentos de mi vida hojeé algunas de sus obras, primero como obligación estudiantil y más adelante como mero rito de formalidad social, como para que no se dijese que alguien de alta graduación militar desconocía por completo al mejor autor de nuestra nación. El asunto es que yo era un soldado, vivía como un soldado, vestía como un soldado y pensaba como un soldado. Y un soldado tiene sus negocios lejos del teatro y la poesía.

Pero ahora he leído a Shakespeare con detenimiento y admiración: ese hombre sabía de qué hablaba; ese hombre, hace doscientos años, reflexionaba sobre temas que aún hoy nos son propios.

Sin embargo, almirante, note cómo detrás de todas las cosas siempre existe espacio para la injusticia. Piense: es posible que dentro de doscientos años, por ejemplo, Shakespeare siga siendo leído y venerado. Dentro de doscientos años, en cambio, con seguridad nadie recordará mi nombre, nadie sabrá que alguna vez existió un general inglés llamado John Whitelocke, a menos que en esas épocas mi nombre aún siga siendo tenido en cuenta como modelo de ineptitud en las escuelas militares, asunto del cual descreo, ya que a estas cosas el tiempo suele desvanecerlas.

Pues bien, resulta lógico que William Shakespeare sea inmortal y que John Whitelocke sea nadie. Quiero decir que es justo que así sea. Pero la paradoja no proviene de los nombres, sino de las obras de cada uno. Observe: una sola decisión del general inglés John Whitelocke, una sola decisión, la capitulación de un ejército británico en tierras de Sudamérica, ha sido suficiente para variar el curso de la Historia. Porque, almirante, puedo garantizarle que si Buenos Aires hubiese sido tomada por nuestras tropas en aquel mes de julio de 1807, un entero y vasto continente hubiera dado un brusco giro de timón a sus días y a sus costumbres. Y aunque con el tiempo, como podemos suponer, la diplomacia y las sociedades secretas y las libras esterlinas alcancen aquello que las armas no alcanzaron y logren que el continente se vea obligado a dar el giro de timón, igualmente nadie podrá negar que la entrega de mi sable en el Río de la Plata torció muchos caminos.

En contraposición, toda la obra de Shakespeare, por sublime y reconocida y admirada que resulte, no ha cambiado ni cambiará media milla el curso de la Historia. La política, las economías y las guerras se sirven mucho menos de William Shakespeare que de un oscuro militar cuya carrera finaliza en degradación y escándalo. Y la política, las economías y las guerras son las ruedas del mundo.

Me juzgo en condiciones de afirmar, por lo tanto, sin melancólica solemnidad aunque por cierto sin alegría, que en este mundo pesa más un fusil que un millar de libros. Desconozco si está del todo mal que así sea: mi vida ha transcurrido desde siempre en el platillo de la balanza donde se ubica el fusil, y eso, quizás, no me permita ser del todo ecuánime. Sin embargo, puedo reconocer que así planteado, el asunto no parece ni lo mejor ni lo más justo.

En cuanto a todo lo demás, carezco casi de respuestas. A los veinte años de edad tenía yo a mi alcance un sinfín de soluciones, todas ellas bien atadas y ordenadas en sus correspondientes lugares. Hoy sólo me quedan preguntas. Una cosa, sí, doy por cierta, sin embargo, y es aquella sentencia del general White sobre el ajedrez y el carácter de los hombres.

Pero por supuesto, almirante, no es de ajedrez ni de William Shakespeare de lo que quiero hablar. Deseo narrarle mi rendición en la ciudad de Buenos Aires; voy a hablar sobre la última de mis guerras.

En verdad odio la guerra. La odio tanto como la extraño. La desprecio tanto como la necesito. Ya he dicho esto. Lo digo una vez más, porque por nada del mundo cambiaría la tranquilidad de esta casa, la complicidad de estos leños, la calidez de nuestra conversación. Y sin embargo... sin embargo, Ashley, no dejo de extrañar los sonidos de la fusilería, el sudor de los hombres, la música de las gaitas acunadas por la muerte, los gritos, los tambores, el excremento de los caballos, el fuego, la pólvora, el canto de los cañones, el horror...

NOTAS (4)

"...Hace apenas cuarenta años, Buenos Aires era sólo la cuarta ciudad en el virreinato del Perú, y los ciudadanos no tenían casas de campo; pero ahora no hay en Sudamérica, con la excepción de Lima, ciudad más importante que Buenos Aires, y hay pocas personas en buena posición que no tengan quintas, y que no cultiven en sus jardines toda clases de frutos y flores. Las damas de Buenos Aires son consideradas las más agradables y hermosas de toda Sudamérica y, aunque no igualan a las de Lima en su magnificencia, su manera de vestirse y adornarse es no menos agradable, y revela un gusto superior.

Hay tal abundancia de provisiones y particularmente de carne fresca en Buenos Aires, que frecuentemente se las distribuye gratis entre los pobres. El agua del río es más bien barrosa, pero pronto se clarifica y se hace potable al ser conservada en grandes cubos o vasijas de barro. También hay gran abundancia de pescado...

El comercio de esta región, bajo el ordenamiento británico, promete ser sumamente ventajoso para ella, y po-

dría abrir mercados de incalculables posibilidades para el consumo de manufacturas británicas. En la medida en que las cargas impuestas a los habitantes sean disminuidas por el gobierno británico, sus medios de comprar nuestros productos se verán incrementados, y el pueblo, en lugar de permanecer andrajoso e indolente, se hará industrioso, y llegará a la mutua competencia por poseer no sólo las comodidades, sino aun los lujos de la vida."

Fragmento de la nota "Buenos Aires. Relato del presente estado de esa provincia", publicada por el periódico *The Times*, Londres, 25 de setiembre de 1806, página 3.

XXIV

Así de contradictoria es el alma humana, almirante. La guerra y la paz, la gloria y la derrota, el negro y el blanco. Pero ninguno de estos extremos resulta ser del todo real. La gloria, por ejemplo, es un espejo que siempre devuelve una imagen algo deformada; y por cierto, la derrota también lo es.

En marzo de 1807, el general Gower y yo partimos de Portsmouth a bordo del *Thisbe*. Después de una travesía desastrosa donde Gower nunca cesó de vomitar, ingresamos a principios de mayo en el Río de la Plata. Desde hacía tres meses, Montevideo estaba en manos del general Auchmuty.

Cuando fui convocado de urgencia por Londres, y el propio secretario de Guerra me comunicó la misión para la cual había sido designado, sentí dentro de mi espíritu aquella contradicción sobre la cual venimos conversando. Hasta allí, mis tareas emparentábanse más con lo estrictamente burocrático que con lo militar. Calmo, aunque por momentos casi aburrido, pensaba que mis días dentro del ejército culminarían de ese modo, apagados y muertos. Por esa causa, ni bien supe que un ejército inglés había desembarcado en las costas de Sudamérica, y luego de haberlo discutido con mi esposa, solicité al duque de York —con quien me unen fuertes lazos— algún destino en aquellas tierras lejanas. De manera que unos meses después no pude tomar la noticia de mi nombramiento con mayor alegría, aunque al mismo tiempo, ay, almirante, sentí el sordo rechazo de retornar al centro de la metralla. Puedo decir ahora, y sin entrar en mayores detalles, que el propio príncipe de Gales tuvo mucho que ver en mi designación, presionando delicadamente sobre su padre, el Rey.

Recuerdo, tiempo después, las terminantes palabras del secretario de Guerra, Lord Windham:

—Nada de independencia a lo Popham o a lo Miranda, nada de incitaciones a una insurrección contra España. Esto es diferente. Buenos Aires juró fidelidad a Su Majestad, Jorge III, y es, por tanto, parte de nuestras colonias. Luego traicionó ese juramento, pero eso no cambia las cosas. Sea prudente, sin embargo. Respete la religión y libere el comercio. Eso sí: con los traidores que derribaron a Beresford no tendrá usted contemplaciones.

Y agregó:

—El brigadier Craufurd partió hace ya tiempo con una flota para tomar Chile; lo desviaremos hacia el Río de la Plata. Además se ha enviado a la zona al brigadier Auchmuty con otra flota. Allí, con sus barcos, está esperando el reemplazo de Popham, el contraalmirante Sterling, a quien sustituiremos por el almirante Murray. Y allí llegará usted, con una cuarta flota. Esto significa, general, que armaremos una de las fuerzas navales más poderosas de la Historia. Cuatro flotas unidas. Más de cien barcos.

Lord Windham habló luego de los brigadieres Auchmuty y Craufurd.

Dijo que ambos eran tenaces y valientes, pero que recelaban el uno del otro. Insistió en que hiciera uso de mi autoridad y que el carácter de los dos oficiales no se constituyera en un obstáculo.

Pregunté luego quién sería mi segundo. El secretario sonrió de costado, como quien va a dar una noticia que no desea brindar.

—El mayor general Leveson Gower —dijo secamente. Y añadió—: es un hombre muy joven. Tiene apenas treinta y tres años.

Quise saber por qué no se ubicaba en ese puesto a alguien con más experiencia. Lord Windham miró el techo de su despacho y enseguida explicó que en todo gran emprendimiento había puntos a negociar.

—Deberá usted emplear el mayor de los equilibrios, Whitelocke —agregó.

Y de este modo, de un día para otro, Ashley, me vi como comandante de un ejército formidable, presto a reconquistar territorios de Su Majestad y a capturar otros nuevos. Piense usted que hacía más de trece años, desde los sucesos de Three Names, que yo no participaba en un combate.

A mi arribo, Montevideo era una ciudad completamente pacificada, con su vida y sus costumbres en orden, salvo, claro está, por la presencia de nuestras tropas en las calles. Auchmuty, con ayuda de la Logia, se había movido rápido: estaba ya a punto de aparecer el primer número de un periódico llamado *The Southern Star*, editado a la vez en inglés y en español, donde se realizaba una buena labor de propaganda, señalando las virtudes del libre comercio, etcétera.

El objetivo principal de la empresa era, no obstante, la ciudad de Buenos Aires. Yo decidí esperar la llegada del brigadier Craufurd y de su ejército para completar mis fuerzas de ataque.

Entretanto, empleé esos días de espera en estudiar y profundizar distintos planes de batalla, en recorrer Montevideo —analizando la disposición de sus calles y casas—, y en hablar largamente con el teniente coronel Denis Pack, jefe del Regimiento 71 de rifleros. En el mes de marzo, Pack había tomado la Colonia del Sacramento sin mayores sobresaltos. En un viaje que realizó especialmente a Montevideo por órdenes mías, tuve ocasión de escucharlo. Más allá de las informaciones de nuestros espías, de la opinión de la Logia, de las noticias del norteamericano White y de los comentarios de negreros y comerciantes (todos coincidentes, por otro lado), yo estaba sumamente interesado en dialogar con Pack, no sólo por la fama que lo precedía, sino porque había participado de la primera conquista de Buenos Aires, había luchado hasta el final junto a Beresford y había caído prisionero junto a su general, situación que se prolongó durante varios meses hasta que ambos lograron escapar —con alguna ayuda local, claro— de la reclusión en el puesto de Luján, cruzando el río en una barcaza y llegando a salvo a la costa oriental. Es decir: el teniente coronel Pack no sólo había luchado y permanecido en Buenos Aires, sino que conocía al detalle la ciudad y sus gentes, cuestiones que se transformaron en temas de mi máximo interés.

Las noticias de Pack no coincidían totalmente con las que manejaba Londres, ni con las que a diario llegaban desde la otra orilla del río.

—Esa gente no va a colaborar con nosotros, general. Algún personaje de fuste, parte del clero, cosa menuda. La mayoría nos llama herejes y no desea siquiera oír una palabra en nuestro idioma.

—¿Qué sugiere usted, teniente coronel? —pregunté.

—Sugiero, señor, una primera etapa de bombardeo cerrado sobre la ciudad, desde tierra y, si ello fuese posible, también desde el río. Luego, un ingreso a fuego completo, como dicen que se tomó esta plaza de Montevideo. Y una vez en la ciudad, el mayor de los rigores.

Como podrá usted apreciar con facilidad, almirante, Denis Pack, el riflero escocés, el único oficial de alta jerarquía que tuvo la desgracia de caer dos veces prisionero en el mismo lugar y en menos de un año, iba directamente al nudo de la cuestión.

Hay algo gracioso sobre Pack: sus hombres lo llamaban "El águila", y él se sentía orgulloso de tal apelativo. Pero el mismo no se generaba en su supuesto carácter aguerrido, sino más bien en la forma de su nariz, que era horrible de verdad.

Aproveché el tiempo de espera de las tropas de Craufurd, además, para jugar ajedrez con el torpe de Gower. Nunca pudo ganarme, como ya dije, y creo que me odiaba por eso. Gower se pasaba el día adulándome y revoloteando a mi alrededor, pero yo lo sabía soberbio y gris.

Básicamente, almirante, mantuve largas conversaciones con el brigadier general Auchmuty. Oficial de innegable trayectoria, sumamente capaz para el combate, tenía sobre sus espaldas campañas en Egipto y en la India. Auchmuty no estaba feliz conmigo, puedo garantizarlo. Y en parte, lo comprendo. Porque él había sido el comandante de operaciones hasta mi llegada, él había tomado Montevideo, liderando una operación militar más que exitosa, y ahora, ante el arribo de alguien con mayor graduación —que obviamente cargaría con toda la gloria—, no le quedaba otro remedio más que entrar en disponibilidad, al menos hasta la hora de atacar Buenos Aires, donde había pensado ponerlo al frente de alguna columna.

Por sobre todo, el brigadier Auchmuty y yo dialogamos acerca de un tema caro a mi espíritu: las tropelías generalizadas sobre una ciudad previamente vencida. Porque ha de saber usted que la captura de Montevideo fue un verdadero ejemplo de matanzas y de violaciones a los civiles, una vez rendida la plaza. Me interesaba la opinión de Auchmuty, porque no hay nada más fácil que ser jefe en esas circunstancias; sólo hay que permitir que las tropas, embriagadas por la victoria, hagan lo que mejor saben hacer, además de combatir. Y hay que mirar hacia otro sitio, claro está. Esto, por supuesto, no es lo que solían enseñar mis viejos maestros de la Academia Militar de Lochee.

Los estragos en la ciudad de Montevideo fueron tan rotundos, tan enloquecidos, que al propio brigadier, convencido ya en un punto de que se había cruzado toda frontera tolerable, mucho le costó restablecer el orden en sus propias filas.

—Son cuestiones comunes a las guerras, general —respondió Auchmuty cuando pregunté por qué razón había él permitido que las cosas salieran de madre hasta ese grado. Después quise saber si consideraba que matar niños era también una cuestión común a las guerras.

—Sí, general —dijo él con cierta arrogancia—. Aunque no sean asuntos de mi agrado, digo que sí. Y también digo que no es novedad.

Acepté, claro, que no era una novedad. Pero aseguré que en Buenos Aires las cosas serían bien diferentes. Ya he dicho que ciertamente Samuel Auchmuty no era feliz conmigo, pero estoy convencido de que luego de estas charlas dejó de incluirme en sus oraciones.

En otro orden, le diré que Montevideo se vio invadida por nuestras mercancías. El comercio libre parecía no disgustarle a la gente, las telas inglesas iban de mano en mano, el Southern Star hacía su trabajo, esperábamos sólo la llegada de Craufurd.

Con respecto a los planes de invasión sobre Buenos Aires, pasé también gran parte de mi tiempo analizándolos. A decir verdad, sólo existían tres posibles caminos: el primero era, tal cual la opinión de Pack, cañonear la ciudad desde el río y desde nuestras posiciones en tierra. Esta alternativa parecía ser la más simple y la más segura: un bombardeo prolongado, demoledor, para luego rendir la plaza con facilidad y con pocas bajas en nuestras filas. Claro que este método chocaba con dos inconvenientes: por una parte, las órdenes de Londres, que consideraban dañar lo menos posible el espíritu de los habitantes. Admitiremos, Ashley, que un bombardeo indiscriminado no es la mejor manera de ganar amigos.

Por otro lado, esta idea de demoler parte de una ciudad enfrentaba, más allá de las razones de Londres, mi propia razón: por todos los motivos que ya he referido, yo no deseaba una matanza generalizada.

El segundo camino posible para reconquistar Buenos Aires era un eventual bloqueo por tierra y por agua. Idea vieja como la guerra: cortar todos los suministros de una ciudad, hasta que, agotada, no tiene más remedio que capitular. Pero esto, a su vez, sufría el inconveniente de la proximidad de la época de lluvias en la zona, sumada esta dificultad a que en el sur es invierno en el mes de julio. Todo ello conspiraría enormemente contra la manutención de un ejército de casi diez mil hombres varados a la intemperie. Imposible tener en cuenta esta alternativa.

El tercer camino posible era, quizás, el menos aconsejable de los tres: un ataque masivo sobre las calles de la ciudad. La especial conformación de las casas (de frentes lisos, con ventanas enrejadas, con azoteas planas y casi amuralladas), muy similar a la de Montevideo según todos los informes, parecía ser una invitación al desastre.

Verá usted que no resultaba nada sencillo tomar una decisión.

Análisis previos a la batalla, almirante. Estudio del tablero ante la posición de las piezas enfrentadas. Las horas que preceden al huracán. El delicado umbral de la tempestad. La guerra. Y la duda, por supuesto.

NOTAS (5)

"El carácter nacionalista de este pueblo no ha sacado ningún beneficio de nuestras primeras operaciones bajo la guía de sir Home Popham. La generalidad supone que los habitantes tienen una impresión favorable a Gran Bretaña. Yo estoy persuadido de que será difícil seguir adelante con la idea que los intereses individuales influirán en nuestro favor, y no un gran objetivo nacional".

Fragmento de la carta enviada por el teniente general John Whitelocke al secretario de Guerra, Lord Windham, Montevideo, 20 de marzo de 1807.

XXV

A mediados de junio, proveniente del Cabo de Buena Esperanza (donde había recibido órdenes de alterar su curso y su objetivo), Craufurd ancló, al fin, en el puerto de la Colonia del Sacramento, junto a sus cuatro mil hombres y a innumerables piezas de género.

El brigadier bajó de inmediato hasta Montevideo, lugar en el cual nos entrevistamos. Recuerdo que lo llevé a recorrer la ciudad y que luego partimos hacia el cerro principal de la zona, en cuya altura se alzaba una fortaleza bastante digna, y desde donde podía obtenerse una privilegiada visión de las construcciones y de parte del río.

—¿Qué piensa de Montevideo? —pregunté en determinado momento.

Craufurd respondió que siempre había creído que se trataba de una ciudad más grande, pero que esto en modo alguno la tornaba despreciable.

Tomé de un brazo al alto oficial y ambos caminamos a paso lento por las protegidas terrazas de la fortaleza, rodeados por piezas de artillería del más variado calibre.

—No es a eso a lo que me refiero —aclaré—. ¿Ha notado usted, acaso, la especial disposición de las calles? Se hallan cortadas en ángulos de noventa grados.

—He observado ese detalle, señor —respondió el brigadier.

—¿Y de las casas? ¿Puede decirme algo con respecto a ellas?

—Nada especial, señor.

—Las casas de Montevideo, señor Craufurd, son de frentes planos. Poseen enormes portones de madera maciza y ventanas fuertemente enrejadas. Si avanzara usted bajo fuego enemigo por una zona que tuviese casas semejantes a los lados, no hallaría lugar alguno donde guarecerse.

Craufurd me miró.

—Si avanzara usted bajo fuego enemigo por una zona como la que describo, vería con toda seguridad cómo cada azotea de cada casa se convierte en una horrible pesadilla —señalé.

Solté el brazo del brigadier y me detuve un instante en la abertura de una de las troneras para observar el río.

—¿Sabía usted, señor Craufurd, que Buenos Aires y Montevideo son ciudades con características similares? —pregunté. El hombre pareció dudar un poco al responder:

—Pero ambas ciudades fueron ya vencidas por nuestro ejército, señor.

—En lo que a mí concierne, señor brigadier general, jamás permitiré que mis tropas ingresen como presa de cacería en semejante trampa —afirmé.

Esa misma noche, por vez primera, reuní a todos los integrantes de mi Estado Mayor. Solicité opiniones para decidir de qué manera reconquistaríamos Buenos Aires. De plano se descartó ya en el inicio la idea de algún tipo de bloqueo. Todos coincidieron en que el frío, la proximidad de las lluvias y los inconvenientes con las provisiones para la tropa en caso de una estadía prolongada, convertían a la alternativa en algo menos que nula. Sospeché que cada uno guardaba para sí su motivo principal; sospeché, Ashley, que a aquel grupo de altaneros oficiales poco le interesaban el frío, las lluvias o los problemas de escasez de alimentos; sospeché, Ashley, que ninguno de ellos había venido desde tan lejos para quedar de brazos cruzados, esperando que una plaza se rindiera por mera fuerza de las circunstancias. Gower confirmaría mi sospecha a los pocos minutos.

Tratamos luego la posibilidad de un bombardeo sostenido. Decidí ser casi absolutamente honesto con mis oficiales: por supuesto no mencioné ni mis prevenciones con respecto al tema, ni mi anterior y muy desgraciada experiencia. Pero sí aclaré el pensamiento de Londres y su poca disposición a demoler parte de la ciudad y a obtener una fuerte impopularidad entre sus nuevos súbditos. De todos modos, sostuve con sinceridad que ése me parecía el único camino militar posible y que, llegado el caso, las autoridades disimularían los métodos de batalla, siempre y cuando el sitio fuera reconquistado.

—Sostengo que ingresar a la ciudad con la infantería puede llevarnos a un desastre.

Recuerdo que pregunté si alguien deseaba agregar algún comentario.

Nadie habló. Insistí. El general Gower pidió, entonces, la palabra. Quien hasta allí sólo había sido un aristocrático soldado de oficina, dijo en tono soberbio:

—Soy hombre de acción. Y sé que no se llega a la gloria resguardándose detrás de la labor de los artilleros. No creo estar hoy en condiciones de rechazar el llamado de aquella gloria.

Miré a Auchmuty. Miré a Craufurd. Miré a Lumley. Miré al resto de mis oficiales. Algunos asentían levemente con sus cabezas. Por supuesto, no me convencieron: aunque mi alma se negara rotundamente a aceptar esa situación, ablandar los cimientos de Buenos Aires a fuego de cañón seguía pareciéndome, desde lo estrictamente militar, el único plan posible.

XXVI

La gloria es una farsa cuyas máscaras varían a cada momento. La gloria depende de la voluntad, no voy a negar eso. Pero en auxilio de la voluntad concurren a menudo actos fortuitos, pequeños sucesos —insignificantes en sí mismos, pero poderosos cuando se agrupan— que pueden modificar los resultados, a veces hasta el punto de transformar una segura derrota en victoria. Por los mismos motivos, el fracaso suele emplear idéntico tipo de máscaras.

No hay un eterno vencedor; no hay un vencido eterno. Con extrema simpleza, los laureles de esta hora pueden transformarse en la humillación del próximo minuto; a la deshonra de hoy le es dable mutar en el premio de mañana. Bonaparte tuvo su Trafalgar, pero también tuvo su Austerlitz.

Es por eso, almirante, que no hay que aliarse en demasía ni con la gloria ni con el fracaso. Ninguno de los dos resulta buen amante; son esquivos y variables y veleidosos, y gustan menos de la fidelidad que de los cambios bruscos.

Me pregunto si el general Leveson Gower habrá aprendido algo de estos asuntos después de su paso por el Río de la Plata.

XXVII

Deseo ahora, almirante, pedirle a usted que regrese a Trafalgar; deseo pedirle que regrese a ese momento donde percibió, de un solo vistazo, a la escuadra francoespañola en formación de combate. Aquellas treinta y tres naves de Villeneuve, desplegadas en línea como aves en el cielo, avanzando con majestuosidad, sus velas al viento, las proas cortando el agua en una danza de paso magnífico y exacto.

¿Puede verlas? ¿No es verdad que puede usted verlas, almirante, navegando hacia su ineludible destino?

Quiero que piense ahora en tres veces la cantidad de aquellas naves. Y quiero que a esa imagen agregue usted una docena más de embarcaciones.

Lo sé, es un panorama casi imposible de fabricar en la cabeza: ciento once naves de todo tipo y tamaño, una escuadra sublime, arrolladora, imbatible, cruzando el río de la Plata de este a oeste en señorial abanico.

Recuerdo que en el alcázar de popa de la nave capitana, el almirante Murray me dijo:

—Si yo fuese español y pudiese ver este espectáculo desde tierra, creo que cedería rendición sin hacer un solo disparo.

—Por si acaso, no cuente usted con cosa semejante —respondí.

El 28 de junio, finalmente, desembarcamos en un lugar llamado La Ensenada del Barragán, distante unas treinta millas al sur de Buenos Aires. Casi diez mil hombres, pertrechos, víveres, municiones, piezas de artillería, un ejército completo haciendo pie en aquella playa barrida por una fastidiosa llovizna.

Allí encontramos el primero de los muchos problemas con los cuales toparíamos: después de una franja de arena muy firme y de otra franja de terreno en buenas condiciones, la zona estaba regada de ciénagas y bañados. Debimos resignar en ese sitio cinco cañones del más grueso calibre, razón por la que decidí no bajar de los barcos el resto de las piezas mayores, sabiendo que, en caso de necesitarlas, Murray podría desembarcarlas más adelante en algún territorio más próximo a la ciudad.

Designé a Gower como jefe de la vanguardia y a Craufurd como su segundo. Puse a la cabeza de la retaguardia al teniente coronel Mahon. Yo quedé con el grueso de las tropas, acompañado por el brigadier general Auchmuty. Al día siguiente, iniciamos el lento y penoso sendero hacia la reconquista de la ciudad.

Como ya habrá usted adivinado, Ashley, en todo este tiempo mi mente seguía girando alrededor de la duda. ¿Cuál era la mejor decisión a tomar?

En la noche del 1° de julio acampamos en Reducción de los Quilmes. Después de la cena, mientras nos deleitábamos con unos exquisitos cigarros que me había obsequiado el general Lumley en Montevideo, Auchmuty preguntó si ya existía decisión alguna sobre la manera de tomar Buenos Aires. Expliqué, entonces, mi idea: por todas las informaciones que había recogido sobre el francés Liniers, me hallaba en condiciones de asegurar algunas cosas con respecto a él. Por ejemplo: aunque por cierto no hablábamos de un tonto, el vencedor de Popham y de Beresford no era precisamente un soldado muy talentoso. Hasta cierto punto, su carácter cometía el pecado del apresuramiento. Pero sí era honorable. Y le sobraba coraje. Si yo estaba en lo cierto, el hombre no esperaría pacientemente que el enemigo cayese con su ejército como el agua sobre la ciudad, sino que saldría a enfrentarlo en batalla, a campo abierto. Ahora bien, las tropas de Liniers eran básicamente milicianos con escasa o nula experiencia en combate, regimientos recién creados, presas fáciles en lucha campal. Si ello sucedía, pues, la vanguardia de Gower y Craufurd, sin ni siquiera tener que aguardar al grueso de mi ejército, lo despedazarían sin piedad alguna. Buenos Aires quedaría así desguarnecida y libre para nuestro ingreso por sus calles. Los españoles no tendrían más remedio que solicitarnos bases para la rendición. Y de esta manera, veríamos resuelto de un modo natural todo el problema: sin bombardeos absolutos para no contrariar certificados deseos de Londres, y sin peligrosas proyecciones de la infantería en el corazón de una ciudad con las características que ya le he descripto.

Auchmuty, aparentemente satisfecho con mis razonamientos, soltó una densa bocanada de humo y preguntó:

—¿Y si Liniers no saliese a presentar batalla abierta?

—Saldrá. No se preocupe. Sé cómo piensa —respondí.

Auchmuty insistió:

—¿Y si a pesar de resultar derrotado su ejército, Buenos Aires aún persistiese y decidiera no rendirse?

—Entonces bajaremos de los barcos los cañones gruesos —indiqué—. Lo haremos en las barbas mismas de la ciudad, a la vista general. Luego situaremos a la flota en posición de cañoneo. Tal vez realicemos uno o dos disparos. Se rendirán, sin lugar a dudas.

Pero el brigadier general Samuel Auchmuty parecía empeñado en desmejorar mi noche.

—¿Y si aun así no se rindieran?

—Si aun así no se rindieran, brigadier —dije golpeando con el puño sobre la mesa—, podaré esta ciudad a cañonazos.

Auchmuty me miró. Sus ojos indicaban conformidad. Mi corazón, en cambio, sorprendido por mis propias palabras, no dejaba de latir con violencia.

XXVIII

María, con sus suculentos ojos café, descorría lentamente la tela de mi tienda de campaña. Yo la miraba, tratando de comprender pero sin incorporarme. Ella quedaba enfrente de mí, llevaba una mano hasta la redondez de su escote y luego desprendía su vestido. Desnuda, entonces, bella como nunca, se acercaba. Yo preparaba mis brazos, preparaba mi boca, preparaba mi alma. María se sentaba a mi lado, sobre el catre de campaña, y alisaba mis cabellos. No hablábamos. Yo acariciaba una de sus mejillas y al retirar la mano, veía a ésta tinta en sangre. Recién entonces miraba todo con mayor atención, descubriendo el profundo tajo en la garganta de María, su cuello rojo, sus pechos muertos.

Todo cambiaba de golpe. Todo era una calle con paredes infinitas en los laterales, mi caballo galopando sobre el barro de esa calle, una plaza al final. Yo solo, sin mi ejército, sin mi uniforme, únicamente mi caballo resoplando vapor en aquella mañana helada. La plaza casi imperceptible, bañada en humo gris. Una suerte de gran fortaleza en el fondo, apenas visible, menos descubierta que sospechada. La plaza central de la ciudad de Buenos Aires. De repente, el humo disipándose lentamente, dejando ver las cruces, las miles de cruces. Cada una con su niño muerto. Cada niño muerto con el rostro de mi hijo.

Tal vez haya gritado algo, nunca lo sabré. Lo cierto es que desperté en mitad de aquella madrugada en Reducción de los Quilmes sabiendo, mi querido almirante, que muy posiblemente, salvo que se presentara alguna situación demasiado desesperada, jamás daría la orden de bombardear la ciudad.

XXIX

Mis presunciones sobre el carácter y tendencias de Liniers eran más que ciertas. Hacia el atardecer del día 2 de julio, la vanguardia de Gower encontró al enemigo, desplegado en posiciones de batalla, en las cercanías de un lugar conocido como Los Mataderos del Miserere.

A pesar de su densa superioridad numérica, el ejército de Liniers fue aniquilado. Craufurd en persona dirigió una de las principales columnas, hastiándose de degollar contrarios. Fue casi una práctica de combate, Ashley. Sólo la caída de la noche impidió que se aplastara a la totalidad de las tropas enemigas. Y la ciudad quedó enteramente libre para nuestro ingreso.

¿Por qué no di órdenes de avance a Gower y le prohibí terminantemente seguir adelante? Tal vez, Ashley, ése haya sido el más grave de mis errores. Pensé que si Liniers continuaba con vida después de su derrota, comprendería que ya todo estaba perdido y solicitaría principios para una capitulación. Si el francés, en cambio, había resultado muerto en el Miserere, confiaba entonces en que los hombres del cabildo de la ciudad tomasen la misma sabia decisión. Con esto resolveríamos nuestro ingreso por las calles sin necesidad de disparar un solo fusil.

Liniers, almirante, seguía con vida. E hizo exactamente lo que yo había previsto: desde algún lugar fuera de la ciudad, solicitó al general Gower las condiciones para una rendición lo más honrosa posible.

El inhábil de Gower —sin realizar ningún tipo de consulta conmigo— aceptó el pedido de capitulación y exigió la entrega de armas, pero en lugar de hacer llegar esas bases a Liniers, las hizo llegar al cabildo, cuyos miembros desconocían lo hecho por el francés, reaccionando pues de manera airada y negándose rotundamente a cualquier clase de capitulación.

Al día siguiente, con el grueso de las tropas, alcanzamos a la vanguardia en el Miserere. Allí supe que la ciudad no se rendiría sin luchar, a pesar de haber sido aplastado su ejército en plena llanura.

Reuní entonces otra vez a mi Estado Mayor. Les informé que de ninguna manera sometería a Buenos Aires bajo fuego incesante, y que el tema quedaba fuera de toda discusión. Los oficiales, tal cual lo habían hecho en Montevideo, estuvieron de acuerdo. Dije, no obstante, que mi plan era rodear la ciudad por el lado norte, evitando un ingreso directo, para, desde el límite con el río, exigir la rendición incondicional bajo amenaza de cañoneo.

—Si bombardear la plaza es un tema fuera de discusión, creo, señor, que debería resolverse qué hacer en caso de que el pedido de capitulación no sea tomado en cuenta —opinó Auchmuty.

—Pues mala cosa sería para todos, señor brigadier general, que un asunto así sucediera. Sigo creyendo que tomar esta ciudad a través de sus calles puede costarnos caro —expliqué.

—Yo pienso que no podemos pretender, señor —dijo entonces el brigadier Craufurd—, que se nos curse una invitación de libre ingreso desde el interior de la ciudad.

Nadie sonrió, por supuesto. Pero yo pude adivinar cierta ironía en los rostros de algunos de mis oficiales. Craufurd estaba furioso por la prohibición de marchar sobre Buenos Aires después de la caída de Liniers. Y me lo hacía saber sin ambages.

—Todos ustedes se hallan plenamente convencidos —señalé— de que no encontraremos una resistencia sólida. La mayoría de los informes indica esa situación. Pero podemos equivocarnos.

—Señor —dijo Auchmuty, con su habitual capacidad de razonamiento—, si establecer un bloqueo es una locura, si Londres no desea que la plaza sea tomada con el uso de artillería pesada, y si sospechamos que un asalto de la infantería sería extremadamente aventurado, ¿qué es exactamente lo que estamos haciendo en este lugar?

—Insisto en algo —indiqué—: nuestra mejor arma es la amenaza del uso de la fuerza.

Se hizo silencio. Craufurd parecía estar tomando el asunto de un modo personal. Auchmuty, intuyo, paladeaba mis dudas y gozaba ante la sola idea de mi ruina. Lumley no opinaba. Los tenientes coroneles presentes, tampoco. Los edecanes, por supuesto, menos aún. Gower, en cambio, se reservaba para sí el napoleónico concepto de conquista y gloria.

Pregunté si alguien deseaba agregar algo. Leveson

Gower pidió la palabra. Enseguida extendió sobre la mesa un gran plano de la ciudad.

—He estado trabajando en el trazado de un plan y deseo someterlo a la consideración de los señores jefes —dijo.

Todos se acercaron. Yo miré el piso de tierra.

—Se trata de separar las tres brigadas de infantería en doce o en trece columnas y avanzar con ellas sobre la ciudad. Son estas líneas que aquí se ven. Las columnas del centro serán de mera distracción. Las importantes serán las de los flancos.

Miré a los hombres y pude ver el interés en sus ojos. Gower continuó.

—Los objetivos centrales serán el Retiro y la plaza de toros, hacia el norte de la ciudad, y la Residencia, hacia el sur. Una vez tomados estos puntos, aquí y aquí, las columnas se desviarán, siguiendo la línea de la costa, hacia la plaza central. Allí sólo nos restará batir la Fortaleza. Y Buenos Aires estará en nuestro poder.

—¿Y cómo evitará usted que nuestros hombres sean masacrados si el enemigo coloca cantones en cada azotea de la ciudad? —pregunté.

Gower me miró fijo.

—Algunas bajas habrá, señor. Es inevitable, ya que estamos en presencia de una guerra —ironizó. Auchmuty sonrió apenas.

—¡No sea insolente conmigo, señor mayor general! —grité—. No estoy hablando de algunas bajas.

—Lo que quiero decir, señor, es que el ejército enemigo ya fue abiertamente derrotado. Su moral debe ser bajísima en este momento. Y aunque algunos elementos dispersos de aquel ejército se hubieran reagrupado dentro de la ciudad, igualmente, no estarían en condiciones de presentar una resistencia demasiado significativa. A menos que pusieran a luchar a sus esclavos y a sus mujeres, y aun así, creo que carecen de medios para evitar nuestra victoria. Con todo, señor, para que el plan sea exitoso, debemos avanzar hacia la costa en el menor tiempo posible, porque de esta manera se evitarán mayores bajas. Por eso, como parte fundamental de la idea, mi propuesta es que los hombres no pierdan tiempo en cargar sus fusiles y en responder el fuego, sino que tengan el avance como objetivo ciego.

—¿Está usted proponiendo que el ejército ingrese en la ciudad a punta de bayoneta, con las armas descargadas? —pregunté.

—Ganaríamos tiempo, señor. Y aunque parezca lo contrario, ganaríamos muchísimas de las vidas de nuestros hombres.

El plan era audaz. ¿Cómo voy a negar eso, almirante? Pero también era absolutamente insensato.

—Creo que su idea es una locura, general —dije.

—¿Puedo hablar, señor?

La voz provenía de la garganta del brigadier Craufurd. Asentí con mi cabeza.

—Creo que es una buena idea, señor.

Miré a todos. Muy lentamente. Después quise saber:

—¿Y acaso piensan ustedes, señores, que las tropas serán tan extremadamente obedientes como para respetar a rajatabla la orden de no cargar sus armas?

—En eso descansa, precisamente, uno de los secretos para que el plan llegue a buen puerto, señor —respondió Gower—. Si acaso desea usted saberlo, confío plenamente en la subordinación de nuestros hombres.

Miré el plano. Los perfectos dibujitos del mayor general Leveson Gower. Nuestra bandera multiplicándose por toda la ciudad. Líneas y flechas trazadas con pulso firme.

—¿Señor Auchmuty? —pregunté.

—Comparto la idea del brigadier Craufurd, señor. Es un buen plan.

—¿Señor Lumley?

—Pienso igual, señor. Hay que hacerlo.

—¿Señor secretario militar?

—Estoy de acuerdo, señor —respondió el teniente coronel Torrens.

—¿Señor comandante de artillería?

—De acuerdo, señor —indicó el capitán Fraser.

—¿Señor ayudante general?

—De acuerdo, señor —señaló el teniente coronel Bradford.

Comprendí que el destino estaba trazando su propio mapa. Solicité a uno de mis edecanes que se acercara.

—Capitán Brown: sirva un poco de brandy a los señores oficiales.

Después dije:

—Caballeros, se hará del modo propuesto por el señor mayor general Gower. Confío en que la suerte marche del lado de nuestras armas.

Enseguida brindamos por la victoria. El rostro de Gower parecía iluminado por el más radiante sol. Auchmuty no me quitaba los ojos de encima.

—Pero antes de ordenar el avance de las tropas —aclaré—, intentaremos hacer entrar en razón a los españoles y ofreceremos nuevamente una capitulación honrosa. Tal vez seamos escuchados.

Los naipes ya habían sido jugados, almirante. Yo no creía seriamente que la ciudad se rindiera sin combatir pero, sin dudas, Auchmuty tenía razón: si no era la guerra, ¿qué otra cosa estábamos haciendo exactamente en aquel remoto lugar?

¡Qué pecado, amigo Ashley! ¡Pero qué enorme pecado! Recién advierto que ya hace un buen rato que su copa está vacía. Estemos atentos, se lo ruego, porque Dios suele ser impiadoso con esta clase de faltas.

XXX

Durante los días 3 y 4 supe que algunos hombres habían cometido actos de vileza en casas de los alrededores del campamento. Recordé aquello que había asegurado al brigadier Auchmuty con respecto a Buenos Aires; recordé, por supuesto, los espantosos sucesos de Three Names y mi sueño durante la madrugada en la Reducción. Di entonces la terminante orden de que quien emplease medios reñidos con el decoro y la dignidad, debía ser inmediatamente fusilado. Hasta donde sé, muchos oficiales cumplieron rigurosamente con esta orden.

El día 4 de julio, en horas de la tarde, llamé a uno de mis edecanes, el capitán Whittingham, y le entregué en mano los papeles con las nuevas condiciones de rendición. En dichos pliegos, intenté dejar plena constancia de nuestra abrumadora superioridad y señalé hondos principios de humanidad como origen de este nuevo intento, advirtiendo que esta vez, si éramos desoídos, daría inmediatas órdenes a la escuadra para iniciar las operaciones.

El capitán Whittingham era un hombre apuesto, de unos treinta y cinco años de edad, fiel ayudante, que amaba al ejército hasta con el último de sus cabellos. Cuando lo vi partir del cuartel general —pabellón blanco en una mano, pliegos de condiciones en la otra—, no pude dejar de recordar al teniente Forwick, allá en Three Names.

—Espero que su suerte sea distinta —recuerdo que pensé.

Wittingham llegó hasta la primera línea de defensa preparada por el enemigo y allí lo obligaron a entregar los pliegos y a aguardar por una respuesta. Pero como al cabo de media hora la respuesta aún no llegaba, el capitán decidió retirarse sin más.

No obstante, transcurrido un tiempo bastante prolongado, se hizo presente en nuestras líneas un parlamentario español con la contestación a nuestro reclamo. En ella, Liniers decía que aquellas razones humanitarias que yo invocaba eran precisamente las mismas que estaba a punto de pisotear con mis tropas. Agregaba que su único deber era cumplir con lo que dictaban las normas del honor.

No quedaba espacio para otra cosa que no fuese la batalla, almirante.

A las cinco de la mañana del día 5 de julio, unos cinco mil soldados de mi ejército comenzaron a formarse a cierta distancia del Miserere, divididos en trece columnas. Una hora más tarde se disparó la salva de veintiún cañonazos, a tradicional modo de aviso, y comenzó el asalto a la ciudad. La oscuridad impedía ver las cúpulas de Buenos Aires, a tan corta distancia.

Puse al frente del ala norte al brigadier Auchmuty.

Craufurd se hizo cargo de las columnas del sur. Lumley marchó con las del centro.

Hacía un frío muy compacto. Al iniciar las tropas su marcha, el teniente coronel Bourke, mi cuartelmaestre, me sirvió un té.

—El té que precede a la victoria, señor —dijo.

—¿Confía de verdad en eso, señor Bourke? —pregunté.

—Por supuesto, señor. Verá usted cómo esta misma noche estamos amparados bajo los tejados de la Fortaleza.

—Que así sea, teniente coronel... Quiera Dios que así sea.

No deseo contarle a usted cosas que ya ha escuchado hasta el hartazgo, Ashley. Pero déjeme decir que nuestras columnas centrales fueron sencillamente aplastadas en muy poco tiempo. Mis primitivas sospechas se hicieron realidad de una manera atroz: cada casa era un fuerte; sabiamente dispuestos en las azoteas, los defensores descargaron una lluvia de fuego sobre nuestros hombres, quienes, sin lugares donde guarecerse e impedidos de responder con sus armas, fueron apilándose en las calles, muertos o mutilados.

Después de encarnizados combates cuerpo a cuerpo, la gente de Auchmuty logró alzarse con el Retiro. Por el sur, tras muchas horas de pelea, se tomó la Residencia. El resto fue una masacre, pero cierto es que los dos puntos principales del plan Gower estaban en nuestras manos.

Las noticias del frente, con todo, eran, como mínimo, desalentadoras. El brigadier general Craufurd y el teniente coronel Pack habían caído prisioneros en una iglesia hacia el fin de la tarde. Pack, además, estaba herido, desconociéndose su estado verdadero. Los que aún quedaban vivos en las columnas del centro permanecían atrapados en mitad del fuego cruzado.

Al caer la noche del primer día de batalla, la situación resultaba muy confusa. Durante el amanecer del día 6 yo estaba en conocimiento de lo siguiente: casi la mitad de mi ejército estaba muerto, herido o prisionero. Entre estos últimos, había que contar más de ochenta oficiales, cosa poco frecuente. El enemigo había sufrido grandes bajas también, pero, a pesar de habernos hecho fuertes nosotros en el Retiro y en la Residencia, la balanza parecía haberse inclinado un poco a su favor.

En esas horas recibí una intimación de Liniers. En la misma, se me requería la entrega de las armas y la evacuación completa del Río de la Plata, incluyendo nuestras posiciones en Montevideo y en el resto de la Banda Oriental. Mi Estado Mayor se negó rotundamente a aceptar semejante cosa, con excepción del general Gower, quien, a solas, me confesó que lo más lógico era someterse a la propuesta.

—Aún no puedo creer que el brigadier Craufurd haya sido tomado prisionero. Y aún no puedo creer que la ciudad haya sido defendida con tanta pasión —dijo, completamente abatido.

—Hay algo que quiero que sepa, señor mayor general —señalé—: Es usted un completo estúpido.

XXXI

No existe una justicia única. Todo depende de quiénes sean los jueces, de quiénes ocupen el banquillo de los acusados y de las circunstancias que rodeen a estos acusados.

Ni usted ni yo habíamos nacido, lo sé, pero de sobra conocemos los hechos: hace setenta años atrás, el almirante Vernon y el general Wentworth fracasaron rotundamente en su intento de asalto a Cartagena de las Indias. Podrá argumentarse que, a diferencia de Buenos Aires, Cartagena era una ciudad completamente amurallada. Pero lo cierto es que el ataque duró meses, y que de él participaron una imponente flota de ciento cuarenta embarcaciones y más de treinta mil hombres. Podrá argumentarse también que ambos jefes, pese a las desinteligencias entre ellos, habrán puesto en tarea lo mejor de sí mismos. Pero lo cierto es que lo poco que no pudieron impedir las murallas lo impidieron los españoles o la disentería. Quiero decir y digo: los planes de batalla fueron innegablemente erróneos.

Casi dos décadas más tarde, el almirante Byng fue batido en la isla de Menorca luego de algunos desaciertos, cuando los avatares de la guerra parecían conjugarse todos en su favor.

Por su parte, Beresford y Popham, a cargo de un ejército veterano y experto, fueron expulsados de Buenos Aires por tropas casi sin preparación alguna.

Por favor, almirante, le suplico ahora que considere lo siguiente: con Vernon y Wentworth —más allá de ser convertidos en objeto de escarnio por toda Inglaterra— no sucedió absolutamente nada. Byng, en cambio, por cuyas venas ciertamente no corría sangre real, fue juzgado y fusilado sobre el castillo de su propia nave. Beresford y Popham, libres como pájaros, deambulan por las secretarías y continúan con sus vidas y sus carreras. Yo he sido deshonrado y echado del ejército.

Las diferentes justicias, amigo Ashley, son casi tan numerosas como estrellas hay en el cielo.

XXXII

Hacia el inicio de la tarde del día 6 decidí trasladar mi cuartel general a una casona en las adyacencias del Retiro para, desde allí, continuar con las operaciones. En el Retiro se hallaba el brigadier Auchmuty. Debo reconocer que quedé estupefacto cuando el brigadier consideró, al igual que Gower, aceptar la propuesta de Liniers.

— La mitad de mi ejército no ha entrado aún en combate. ¿Cómo puede usted pensar en rendirse? —pregunté.

—Resulta claro, señor —respondió Auchmuty—, que la resistencia hallada supera el más aventurado de nuestros cálculos. Perseverar sobre estas calles sólo significaría agravar la masacre. No obtendríamos beneficio alguno.

Y luego añadió:

—La moral en nuestras filas es muy baja en este momento.

—Sin embargo, señor brigadier, mis informes indican que han sido tomados treinta cañones enemigos y algo más de mil prisioneros. Este punto del Retiro, además, y el otro, al sur, el de la Residencia, se hallan en nuestro poder —señalé.

—Pero resultará imposible avanzar desde ellos hacia la Fortaleza. Tenía usted razón en una cosa, señor: cada casa ha sido convertida en un bastión casi inexpugnable. Pienso que necesitaríamos al menos cuatro o cinco veces la cantidad de hombres con los que ahora contamos, como para lograr reducir la ciudad con tropas de infantería. Y eso a costa de infinitas pérdidas.

Guardé un instante de silencio.

—¿Propone usted la lisa rendición, entonces? —pregunté al rato.

—No exactamente, señor. ¿Desea conocer usted mi opinión más honrada?

Respondí afirmativamente. Entonces el brigadier explicó:

—Hay que desembarcar los cañones de a 24 y todas las otras piezas de artillería mayor, rodear la ciudad con ellos e iniciar bombardeo sostenido desde todos los flancos, incluyendo cañoneo de la escuadra. Demoler casa por casa, ladrillo por ladrillo, hasta que no tengan más salida que la capitulación.

Tomé aire con mucha lentitud.

—He anunciado hasta el hartazgo, señor brigadier, cuáles son mis órdenes a ese respecto.

—Pero también, señor, y juzgo que con buen criterio, ha dicho usted en Montevideo que finalmente Londres se vería menos inclinada a aceptar un fracaso que una resolución de este tenor.

Auchmuty me miró directamente a los ojos. E insistió:

—Si existe un problema de tiempo, ni siquiera se hace necesario perderlo desembarcando la artillería pesada. Aquí mismo tenemos varios cañones españoles que han sido tomados de este arsenal. Son todos de gran calibre. Es seguro que nos bastan y hasta nos sobran.

Finalmente dijo en un tono que casi sonó a orden:

—Instruya de inmediato al jefe Murray para que haga fuego desde el río.

—Creo que a todos se nos ha escapado un detalle —argumenté—: las costas de Buenos Aires, a diferencia de las de Montevideo, son de escaso calado. Los navíos mayores podrían tener problemas para acercarse, quedando fuera de distancia.

Vi cómo Auchmuty aferraba con fuerza la empuñadura de su sable. Creo que él también se debatía entre su deber de colocar todo el empeño al servicio de la causa, y sus deseos de revancha sobre mí.

—Pero si ese inconveniente se presentase, las cañoneras lo superarían sin dificultad. Y cuente usted con que se bastan a sí mismas para reemplazar a la Fortaleza por escombros —señaló.

El brigadier general Samuel Auchmuty y yo nos miramos en silencio.

Después, con palabras que me recordaron al viejo White, sostuvo:

—Arrase Buenos Aires, señor teniente general. Arrásela de una vez.

XXXIII

Resolví ganar algo de tiempo para reagrupar mis ideas y pensar. El comandante de un ejército y nuestra añeja amiga, la duda, frente a los posibles caminos a seguir. Respondí entonces a la intimación de Liniers, asegurándole que estaba cometiendo un error severo, que la situación de mis tropas no era en lo absoluto desventajosa, y que procurara informes más fieles sobre la cantidad de prisioneros y de sitios en nuestras manos. Solicité, sin embargo, una tregua formal de veinticuatro horas para enterrar a los muertos y salvaguardar a los heridos.

Luego mantuve diversas reuniones con los oficiales de mayor rango. Auchmuty tenía razón: la moral distaba mucho de ser alta. Nadie quería rendirse (o al menos nadie así lo reconocía), pero todos opinaban que un segundo embate con las reservas podría llegar a traducirse en nuevas calamidades para la expedición.

Al fin informé a mi cuartelmaestre que daría un breve paseo por la playa y que no deseaba el apoyo de escolta. El teniente coronel Bourke desaconsejó mis planes con la mayor firmeza.

—Debo hacer notar mi desacuerdo, señor. Puede ser muy peligroso.

—No se preocupe, Bourke. Necesito estar solo —dije.

Caminé después en dirección al río. Descendí por una barranca más o menos pronunciada y llegué a la playa. La arena era tan oscura que resultaba imposible reconocer dónde dejaba de ser arena y dónde comenzaba a transformarse en fango. Pensé entonces en Antillas, con su océano azul y sus playas casi blancas, comparándolas con aquel lugar donde ahora me hallaba, esa región que sin duda marcaba las fronteras del mundo, el cielo gris, la llovizna siempre eficaz e impertinente, las aguas del río, por cierto marrones, por cierto turbias, por cierto melancólicas. Hacia el sur, la ciudad y sus costas de barrancas, toscas y desperdicios; hacia el sur, algún disparo aislado aunque todo calmo en general. Tregua tácita. Paz nerviosa. Falsa tranquilidad. La antesala de la guerra. Los portales del fuego.

Desenvainé mi espada y con ella dibujé una cruz en la arena. En el río, silenciosa y lejana pero de cara a la ciudad, la flota del almirante Murray. Repasé mi dibujo con el filo, una y otra vez, profundizándolo lentamente. Una cruz. Una gran cruz. Three Names. María, violada con una bayoneta inmisericorde, degollada luego sin piedad alguna. Los arrasados cuerpos de la gente inocente, aquella gente que moría sin participar jamás de ninguna decisión. Los niños calcinados o mutilados o martirizados. Mi propio hijo colgando de dos maderos.

Borré los trazos con la punta de la bota, como si eso hubiese alcanzado para poder borrar a Three Names de mi memoria. La llovizna daba plena sobre mi rostro, impulsada por el viento que soplaba desde el río. Decidí entonces, almirante Ashley, en ese momento, al fin, aquello que en realidad había decidido hacía ya mucho tiempo: yo no había ingresado en el ejército para arrasar ciudades; yo, al igual que aquel viejo alférez llamado John Whitelocke, deseaba enfrentar a un gran general en campo abierto, salvar a Inglaterra, librarla del invasor. Salvar a Inglaterra, amigo mío; morir por ella. Salvarme, almirante, muriendo por ella.

¿Qué dice, Ashley? ¿Que acaso un poco tarde descubría mis propios límites? Lo lamento; de verdad lo lamento, pero no puedo estar de acuerdo con su afirmación: Buenos Aires permanecía aún intacta. Y por cierto no sería yo, el teniente general John Whitelocke, aquel que decretaría su ruina.

Mantener en pie a Buenos Aires significaría sin dudas un definitivo corte para mi carrera y tal vez para mi vida; mantener en pie a Buenos Aires sería mi fin, y al mismo tiempo, mi salvación. Descontará usted, naturalmente, que no era aquella ciudad al borde de la Tierra lo que me importaba, sino algo mucho más valioso que mi carrera y mi vida: las certezas de mi corazón.

No pretendo justificación alguna, almirante. Desearía, sí, al menos, obtener parte de su comprensión. ¿Quemar gentes sin uniforme? ¿Matar campesinos, iletrados, habitantes que ignoran cómo se carga un arma? ¿Matar mujeres, Ashley? ¿Matar niños? No, amigo mío. De ninguna manera mi lealtad a la Corona podía seguir superando aquello que mi alma había decretado como frontera. Un jefe debe ser honorable con la calidad de los métodos que emplea para servir a una causa, porque si aquella calidad ingresa en una zona que presentimos inmoral, entonces toda la causa puede reducir su validez a la nada.

La muerte de Jean Torrel, allá en Blue Ride, aún cuelga de mi conciencia, si es eso lo que desea usted saber.

XXXIV

Por aquellos territorios de la decisión andaba yo, almirante, con la certeza ya definitivamente impuesta sobre la duda, cuando vi llegar a la carrera a otro de mis edecanes, el capitán Foster Douglas, acompañado por una escolta de ocho hombres.

—Pliegos del comandante español, señor —informó el capitán, notoriamente agitado, entregándome unos papeles. Aunque el viento y la llovizna conspiraban contra la lectura eficaz, pude saber que Liniers rechazaba de plano la idea de una tregua por veinticuatro horas y que en pocos minutos reanudaría las hostilidades.

Guardé la nota en uno de los bolsillos externos de mi abrigo y emprendí el regreso al cuartel general. Cuando, junto a mi edecán y al resto de los hombres, arribé a lo alto de la barranca, pude escuchar el abrupto reinicio del fuego de artillería. Busqué entonces a Gower, con quien no habíamos cruzado palabra en las últimas horas.

—Diríjase a la Fortaleza con bandera de parlamento. Hable con Liniers. Pídale bases para una capitulación —ordené.

Gower pareció sorprenderse, pero no dijo nada. Casi de inmediato partió hacia la ciudad. Desde el Retiro fue visible cómo dos cañoneras de Murray se desprendían del resto de la escuadra y disparaban varias veces sobre la Fortaleza. Las baterías de la Fortaleza, sin embargo, cumplieron su labor descargando toda la furia sobre los barcos, obligándolos a retroceder. El tímido intento de Murray no había logrado nada. Desconté que el almirante no aplicaría un ataque masivo sin órdenes mías.

La capitulación fue pactada sobre las bases del cese de las hostilidades, la devolución de todos los prisioneros y la completa evacuación de Buenos Aires y de Montevideo por parte de nuestras tropas. Durante la tarde hablé con el norteamericano White —negrero y contrabandista, además de espía— para preguntarle dónde había quedado aquel espíritu de colaboración de los vecinos de la ciudad, que él había descontado una y otra vez.

—No hay una sola persona en este lugar que no nos profese el más arraigado resentimiento. Sus informes previos, señor White, están construidos con mierda.

Aquella noche cené en la más completa de las soledades. Cuando me retiré a una de las confortables habitaciones de la casona (la quinta de un tal Riglos), hallé entre mis pertenencias el título de gobernador de Sudamérica, con mi nombre en letras grandes y la firma de Jorge III al pie.

Recuerdo que doblé aquel título en cuatro partes y que lo dejé así sobre una de las sillas del cuarto.

Hacia la madrugada del día 7 recibí en tierra al almirante Murray, a quien quise dar a conocer personalmente los términos completos del tratado de capitulación.

—Yo no he de firmar tal documento, señor —aseguró el almirante—. No he venido desde tan lejos para quedarme con el silencio en la boca de mis cañones.

Expliqué a Murray la imposibilidad de continuar la batalla.

—La escuadra a mi cargo está presta a continuarla, señor. Sospecho que la artillería en tierra se halla en condiciones idénticas.

Hablé una vez más sobre las órdenes de Londres.

—Londres nunca aceptará una rendición bajo estos términos. Más de la mitad del ejército se encuentra en posiciones de combate. Otro tanto ocurre con la Armada, al menos con los barcos de menor calado. A pesar de las bajas sufridas durante el primer día de guerra, considero que es el momento de intensificar el ataque y no el de arriar banderas.

Dije que un país tan abiertamente hostil y una población tan intensamente adversa a nuestras ideas y a nuestra presencia serían siempre un infierno inmanejable. Y dije también que una ciudad demolida poco convenía a los intereses de nuestro gobierno.

—Señor teniente general —sentenció Murray—: nuestro deber como comandantes es velar por que las órdenes de capturar la plaza se vean cumplidas. Cualquier consideración de tipo político no resulta de nuestra incumbencia.

Enseguida preguntó cuál era la opinión de mis oficiales de rango superior. Expuse entonces que la moral general era muy baja y que nadie parecía inclinarse por un nuevo intento de asalto.

—La única salida, señor, está más que a la vista: debe ordenar usted en este mismo instante que la ciudad comience a ser sometida bajo fuego encadenado.

—Jamás daré esa orden, almirante —aseguré.

Murray se acercó a una de las ventanas del cuarto y miró el cielo. Permaneció así, en silencio, durante un rato. Después, sin darse vuelta, indicó que antes de tomar una decisión deseaba consultar con sus hombres de mayor confianza. Comprendí allí que el almirante, más temprano que tarde, firmaría la capitulación.

Antes de retirarse, sin embargo, preguntó:

—¿Ha pensado usted, señor teniente general, en las consecuencias que este acto va a ocasionarle?

—Despreocúpese, almirante. Ya lo he pensado —respondí.

XXXV

Ese mismo día, en horas de la tarde y de un modo absolutamente inesperado, Liniers se hizo presente en el Retiro. Un momento arduo, Ashley: pocas cosas tan tristes como un general que debe bajar su mirada. Después de los saludos de honor, intenté rendir mi sable. Pero el francés me detuvo.

—No es necesario, general —dijo.

Firmamos entonces los papeles atinentes a la capitulación. Luego, en un aparte, bajo los arcos de una de las galerías de la casona, Liniers preguntó por qué causa yo no había dado órdenes de cañoneo definitivo. Recuerdo que sonreí.

—A veces un jefe tiene el deber de tomar la decisión equivocada —sostuve. Insospechadamente, Liniers puso una mano sobre uno de mis hombros.

—Hubiese sido harto duro para nosotros si tomaba usted la correcta —indicó.

En pocos días el ejército estuvo listo para abandonar la ciudad. Auchmuty y Craufurd lo hicieron el 10 de julio. El 11, por la noche, Liniers nos ofreció un banquete de despedida en la Fortaleza. Allí concurrí con el resto de mi Estado Mayor. Unos músicos, no del todo afinados, tocaron *God Save the King* y algunas melodías que supongo eran de origen español. Para tal ocasión, sé que se mandaron trozar unas cuarenta gallinas y, por supuesto, no faltó el buen vino. A los postres, Liniers me entregó un sable de origen inglés que le había sido obsequiado por el cabildo de la ciudad de Lima, y brindó por Jorge III. Por mi parte, gratifiqué al francés con la espada de hoja toledana que me había regalado el príncipe de Gales antes de partir, y propuse un brindis a la salud de Carlos IV. Luego fumamos en silencio.

Al día siguiente, con el grueso de las tropas, partí de Buenos Aires rumbo a Montevideo. Desde la popa del barco me quedé observando las cúpulas de la ciudad tornándose más pequeñas a medida que nos alejábamos. Las cúpulas estaban allí pero podrían no haber estado; yo estaba a bordo de aquella nave pero podría haber estado, con mi título de gobernador en el bolsillo, de pie en la cima de una cordillera de escombros. Quiero que sepa usted ahora, almirante, que me felicité por el simple hecho de estar a bordo de aquella nave.

NOTAS (6)

"Al reflexionar en la escasa ventaja que tendría la posesión de un país cuyos habitantes nos eran tan absolutamente hostiles, resolví renunciar a las ventajas que la bravura de las tropas había obtenido y accedí a los términos del tratado anexo, que confío contará con la aprobación de Su Majestad."

Fragmento de la carta enviada por el teniente general John Whitelocke al secretario de Guerra, Lord Windham, Buenos Aires, 10 de julio de 1807.

XXXVI

A veces, Ashley, tiendo a pensar que todo fue nada más que un juego, que la realidad de las cosas merodeó otros lugares que ni siquiera alcanzo a vislumbrar. A veces, Ashley, tiendo a pensar que todo fue un gran tablero y que sólo he sido una pieza más, una pieza que creyó tomar sus propias decisiones, ganar sus propias batallas y sufrir sus derrotas, pero que todo aquello fue previamente planeado por algo o por alguien. Sé bien que eso es como admitir la idea de Dios, y he dicho ya que no creo en aquella idea. Pero a veces pienso en Buenos Aires o en Martinica o en Three Names, y veo como a través de la bruma, como en un sueño, como si otro —y no yo— hubiese vivido todas aquellas cosas; como si otro —y no yo— hubiese resuelto tantas cuestiones y vivido tantos momentos de éxito y tantos otros de fracaso.

Serán quizás los años. O el exceso de brandy. O será que estoy a pocos pasos de la locura. O será, tal vez, que voy acercándome, lento, al final del camino. En verdad ignoro la respuesta.

Es noche cerrada ya sobre Londres. Y el frío, lejos de ceder, se hace más concreto. Colocaré nuevos leños, si usted me lo permite. Luego le contaré el final.

XXXVII

En Montevideo dispuse lo necesario para evacuar la ciudad. Tomé las cosas con calma, ya que el tratado me proporcionaba dos meses de gracia para establecer la retirada en perfecto orden. Gower, entretanto, se dedicaba a organizar bailes de gala y a seducir damas que se rendían ante su apostura, demostrando el general, en aquellas reuniones, que era menos buen militar que buen bailarín. Por las noches, y a menudo también por las mañanas, yo no dejaba de recordar a María. De vez en cuando, las paredes de la ciudad amanecían con algún *Whitelocke bastardo* o *Whitelocke traidor* o *Muerte a Whitelocke*; sin duda, no eran manos nativas las que trazaban aquellas inscripciones. Mis edecanes hablaban sólo lo necesario. El resto de mis oficiales, también. Los comerciantes ingleses en Montevideo estaban furiosos ante mi declinación. La perfecta soledad comenzaba a cerrar su círculo. La mácula de los derrotados se adhería despaciosamente a mis ropas.

Con el grueso de los barcos, al fin, partí de Montevideo el día 9 de setiembre a bordo del *Medusa*. Antes de anclar en Portsmouth alguien hizo correr la noticia de mi llegada, por lo que en puerto se reunió una considerable chusma, no exactamente para ofrecerme la bienvenida. Mi esposa lloraba en aquel apostadero, rodeada por la muchedumbre. Al descender de la nave recibí un escupitajo en pleno rostro, pero continué caminando, mi vista al frente, sin emplear el pañuelo.

De Portsmouth viajé de inmediato a Londres, donde me reuní con Castlereagh, quien era nuevamente ministro de Guerra. Recuerdo los ojos de Castlereagh, como relámpagos, recorriendo mi humanidad de pies a cabeza.

—Sólo con escuchar su nombre, teniente general Whitelocke, Su Majestad entra en estado de arrebato y de furia —fue lo primero que dijo. Señalé entonces que lamentaba mucho que algo así sucediera. El ministro ni siquiera me prestó atención.

—Será usted llevado ante una corte marcial para que responda por faltas gravísimas en el ejercicio de su autoridad —informó—. Le recomiendo que prepare bien su defensa, porque son muchas las gentes, y me incluyo, que desearían ver rodar su cabeza por el piso.

Durante el tiempo transcurrido entre esta reunión y el juicio, me dediqué a intercambiar correspondencia con algunos miembros de la familia real, a quienes expliqué en detalle la suma de inconvenientes que debí enfrentar en la incursión al Río de la Plata. Desde los más encumbrados eslabones del poder se me hizo saber que los jueces recibirían instrucciones para evitar pena de muerte en la sentencia, pero que, en todo caso, eso era todo lo que podía garantizárseme. Confirmé entonces aquello que había imaginado en las playas del Retiro al momento de la capitulación: Inglaterra entera, con todo su peso, caería sobre mis espaldas como plomo derretido.

Hace casi exactamente doce meses, el 28 de enero del pasado año, a las diez en punto de la mañana, en el salón de actos del hospital militar de Chelsea, comenzó el juicio en mi contra. El lugar estaba atestado de gente que sólo deseaba verme colgando de una soga. Recuerdo que entré al recinto con mi uniforme, pero cedí la banda y la espada, a manera de adelanto de aquello que ineludiblemente sucedería. El presidente del tribunal, general sir Williams of Meadows (a quien usted bien conoce), llamó a silencio. Entonces tuvo lugar el inicio del espectáculo: el fiscal, un tal Ryder, comenzó un extendido discurso sobre la catástrofe militar y económica que había significado el intento de reconquista de la ciudad de Buenos Aires. Luego la emprendió contra la barbarie y la absoluta ignorancia de aquellos pueblos del sud, para, finalmente, definir los resultados de la empresa como una verdadera tragedia para la Gran Bretaña.

Ryder fue un hombre bien elegido, almirante: conocía a la perfección el arte de soliviantar los espíritus. Si algo les faltaba a todas aquellas personas enardecidas en mi contra eran, precisamente, palabras que los estimularan más aún.

Luego se llamó al primer testigo. Apuesto a que no adivinará usted jamás quién hizo su entrada taconeando con fuerza, el paso marcial, el mentón adelante, rumbo a las escalerillas del estrado. Así es, almirante: el mayor general Leveson Gower.

XXXVIII

Juzgo que mi condena es razonable. La muerte hubiese sido un exceso, pero la degradación y la expulsión del ejército es lo menos que podía esperarse luego de una rendición deshonrosa. He transitado lo suficiente por este mundo, además, como para saber que si una fiesta termina en batahola alguien deberá pagar por los muebles, la porcelana y los vidrios dañados, reuniendo así, en una sola cabeza, las culpas de todos.

Buenos Aires no fue recapturada porque yo resolví no tomar una decisión ajena a los nuevos —o tal vez muy antiguos— vientos de mi espíritu. Sobre eso no puede existir ninguna discusión. Pero cierto es también que mi Estado Mayor fue una verdadera calamidad: a la manifiesta incapacidad de Gower deben añadírsele los celos de Auchmuty, la ceguera de Craufurd y la carencia de ideas en algunos otros oficiales. No busco excusas, almirante; cargo sin culpas ni remordimientos con la parte que la justicia me ha deparado. Pero la verdad debe ser expuesta ante usted de manera completa.

¿Desea saber qué pienso sobre el futuro? No lo sé. Desconozco en lo absoluto qué será de mis días. La espada era mi herramienta de trabajo y ahora ella me ha abandonado.

Le imploro, por favor, que no mencione la palabra esperanza. De eso no hay cuando se lo ha perdido casi todo, y menos aún cuando ni siquiera resulta posible recostarse en la noción de Dios.

XXXIX

Porque lo cierto, Ashley, es que ya no creo en Dios. Y en todo caso, de existir Dios, debo apoyarme en la desconsoladora idea de que se trata de un ser perverso al extremo. ¿Por qué necesito implorar de rodillas cada vez que deseo que se me conceda alguna gracia? ¿Qué otra cosa que no sea la más abyecta altanería puede esconder alguien que sólo se alimenta de lisonjas y de ruegos?

No sonría, almirante, por favor. Hablo de Dios, no del general Gower.

XL

Con su uniforme impecable, sus manos enguantadas y su mirada dura, el mayor general Leveson Gower tomó asiento en el lugar previamente asignado a los testigos. Me pregunté entonces cuál de los muchos Gower hablaría. ¿Sería tal vez el Gower que no podía desoír el llamado de la gloria? ¿O quizás el derruido ante las noticias de la masacre y de la captura de Craufurd? ¿O acaso sería el gentil seductor de desprevenidas damas sudamericanas?

Sus respuestas iniciales fueron escuetas y casi evasivas. Comprendí que estaba asustado. Al fin y al cabo, el plan de ataque a la ciudad —si bien finalmente aprobado por mí— había sido una obra de su entera exclusividad. Y si los miembros de la corte se decidían a excavar con hondura, tal vez hallaran que a Gower podía caberle algún grado de responsabilidad. Finalmente, el teniente general sir John Moore preguntó qué hubiese sucedido si se atacaba la ciudad con el grueso del ejército el día 2 de julio, después del descalabro sufrido por los españoles en campo abierto. Leveson Gower me miró con algo que bien podría ser calificado como cierta melancolía, ya la dureza definitivamente alejada de sus ojos.

—Habríamos tomado Buenos Aires, señor —dijo luego.

Durante las treinta y cuatro sesiones que duró el proceso, desfiló por aquel estrado la mayor parte de los oficiales que integraron la fracasada incursión. Pero todo aquello, almirante, no fue un procedimiento legal: fue una verdadera cacería, donde el destino y el Ministerio de Guerra me habían reservado con anterioridad el papel de la zorra. No hubo nadie que no tuviera algún motivo de queja para conmigo. El brigadier Craufurd, por ejemplo, criticó la falta de calderas de campaña. Auchmuty colocó su índice sobre el desánimo de la tropa; afirmó que los hombres no me tenían confianza. Finalmente aseguró que la fuerza de asalto era más que suficiente para capturar la ciudad, y que si todo hubiese sido dirigido de un modo más cabal, la ejecución habría obtenido éxito.

Era evidente que a esas alturas, amigo Ashley —y más allá de los esfuerzos desplegados por mi abogado, el señor Harrison—, mis posibilidades de salir sin una condena resultaban ser las mismas que tiene el pez que ya ha mordido el anzuelo.

NOTAS (7)

"La toma de la plaza, en este caso del asalto, habría sido la consecuencia de la derrota y matanza sólo de los soldados empeñados en la contienda; mientras que en el bombardeo sostenido, lo habría sido de los prolongados sufrimientos y destrucción de propiedades y vidas de los habitantes."

Palabras del teniente general John Whitelocke durante el desarrollo de su corte marcial, Chelsea, marzo de 1808.

XLI

También fue llamado a comparecer el viejo general White. Mi antiguo jefe y amigo fue el único que dijo algo en mi favor. Afirmó que me conocía desde hacía más de treinta años y que ciertamente yo estaba lejos de ser un inepto o un cobarde. Creo que hizo mención a mi apego a la disciplina y recordó luego la toma de Port Prince, en Santo Domingo, asegurando que marché al frente de la columna principal en aquella batalla, y que lo hice con el mayor de los celos y el mayor de los corajes.

Ya he dicho, almirante, que guardo el mejor de los sentimientos hacia White. Sé que luego de su participación en mi corte marcial tuvo que sufrir muchos inconvenientes con algunos camaradas. Sé también que fue calificado como "el ayudante del traidor".

Hacia los tramos finales del espectáculo tuve oportunidad de presentar mis descargos. Señalé entonces que, dado el fracaso, las fallas en el plan veíanse como evidentes, pero lo cierto era que jamás, ni por informes previos ni por uso de la razón, podíamos haber contado antes con hallar resistencia tan enardecida. Dije que la ciudad se había defendido de una manera que resultaba casi milagrosa, sostuve que un bombardeo hubiese constituido una verdadera insensatez y agregué —lo que era muy cierto— que mi alma se hallaba ahora en estado de paz.

Las últimas palabras del proceso fueron pronunciadas por Ryder. El fiscal cerró la puesta en escena hablando sobre Inglaterra, sobre el mundo militar y sobre el sentido del honor. Aclaró que un jefe incapacitado para el ejercicio del mando basta para colocar en un patíbulo el prestigio del uniforme y del país.

Yo fui acusado de muchas cosas, almirante. Fui acusado, por ejemplo, de haber dividido mis fuerzas durante el ataque, de haber perdido comunicación con algunos sectores durante el desarrollo del combate, de no haber agrupado a la vanguardia con el grueso de la tropa durante la marcha hacia la ciudad, de no haber prestado ayuda a los hombres que luchaban contra los cantones en las azoteas de las casas, etcétera. ¿Qué puedo a usted decirle sobre estas acusaciones? ¿Qué puedo agregar?

El punto central presentado por Ryder, sin embargo, fue aquello que él denominó la "innecesaria" capitulación y la entrega de Montevideo. Fui declarado culpable, por supuesto. La sentencia decretó mi baja del servicio activo y la prohibición de volver a vestir uniforme. Se me señaló como alguien totalmente inepto e indigno de servir a la Corona en cualquier empleo. El Rey en persona ordenó que esta sentencia fuese incluida en los libros de órdenes de todos los regimientos de la nación y que fuese leída en voz alta ante las tropas en formación militar.

No pregunte cómo queda mi ánimo, almirante, después de recordar semejantes cosas.

NOTAS (8)

"...Los despachos son los únicos documentos por los que podemos juzgar el sistema de operaciones militares que ha sido puesto en práctica en Sudamérica, y no podemos dejar de repetir que nos parece el más extraño que ha sido nunca llevado a cabo.

El comandante en jefe parece haber estado en la más perfecta ignorancia tanto acerca de la naturaleza del país que debía atravesar, como sobre el monto y el carácter de la resistencia que debía esperar...

...Este desastre es quizás el más importante que ha sentido este país desde el comienzo de la Guerra de la Revolución Francesa...

...Los despachos abundan en excusas por haber abandonado esta importante conquista. No podemos de ningún modo suscribir algunas de ellas. Si la hostilidad de los habitantes puede ser aceptada como una razón para no invadir o evacuar un país, entonces no hay país que no esté libre de ataque u ocupación. ¿Acaso Bonaparte, que se ha abierto camino a través de la belicosa pobla-

ción del continente, razonó nunca de esta manera? ¿Acaso esperó el general Whitelocke que los habitantes de Buenos Aires se pondrían espontáneamente de su lado, o que permanecerían como mansos espectadores de su duelo con Liniers? ¿Acaso la resistencia que encontró cayó sobre él como algo inesperado? ¿No debió ser prevista? ¿Ignoraba que durante varios meses se habían empleado todos los medios para excitar y organizar toda la furia y el odio del país contra él?

Éste ha sido un asunto desgraciado del principio al fin. Los intereses de la nación, así como su prestigio militar, han sido seriamente afectados. El plan original era malo y mala fue su ejecución. No hubo nada de honorable o digno en él; nada a la altura de los recursos o el prestigio de la nación. Fue una empresa sucia y sórdida, concebida y ejecutada con un espíritu de avaricia y pillaje sin paralelo, si exceptuamos las vergonzosas expediciones de los bucaneros...

...¿Cómo podía esperarse que los corazones de esa gente estuviesen con nosotros, cuando era evidente que los que por primera vez se apoderaron de aquel lugar habían estado menos ansiosos de conciliar con los habitantes, que de poner fuera de peligro el botín de que se habían apoderado?"

Fragmentos de la nota "Evacuación de Sudamérica", publicada en el periódico *The Times*, Londres, 14 de setiembre de 1807, página 3.

XLII

Ya hemos conversado sobre mi vida actual; no voy a fastidiarlo a usted con detalles repetidos. Pero sí he de decir que a partir del día que concluyó la corte marcial, ingresé en la zona de la soledad más estricta. Yo supe en Buenos Aires que éste sería el destino, de modo que se trata de un destino buscado y aceptado. Lo cual no significa que sea agradable.

Muy pocas personas han golpeado a mi puerta en estos tiempos. De ellas, tal vez la más extraña visita haya sido la de Richard Hunter, el cronista del *Times*. Hace hoy dos meses exactos de aquel encuentro, de modo que puedo transferir los detalles de la conversación con buen grado de fidelidad. Verá usted qué interesante.

Yo estaba sobre este mismo sillón en el que ahora me hallo, cuando ingresó a la sala Anne, la criada, informando que un caballero deseaba verme. Aclaró que se trataba de Hunter. Enseguida instruí a la mujer para que le permitiera el paso. El hombre había nacido en Irlanda, cuestión que casi se adivinaba al instante por su cabello rojo y su rostro salpicado.

—General Whitelocke... —saludó Hunter muy cortésmente, estrechando mi mano e inclinando levemente su cabeza.

—Whitelocke a secas, señor Hunter. Mi cargo de general ha quedado colgado en alguna parte del hospital de Chelsea.

El hombre sonrió, mostrando todos sus dientes. Le solicité que tomara asiento, hice que Anne sirviera dos copas de brandy y luego señalé:

—Aunque su periódico me ha hecho algunos flacos favores en los últimos tiempos, dirá usted en qué asuntos puedo servirle.

El irlandés bebió parte del brandy y reacomodó su cuerpo sobre los acolchados cojines del sofá.

—Verá, señor... Estuve presente en aquella corte marcial que se formuló en su contra. Desde su inicio hasta el fin, sin perder una sola sesión.

—Puede decirse entonces que posee usted un carácter fuertemente estoico —bromeé.

—No crea, general. Fue un mes interesante.

Miré a Hunter, preguntándome qué querría en realidad.

—Al principio tomé todo como un trabajo más —prosiguió—: armar una crónica sobre el castigo a un militar vencido. Pero a medida que transcurrieron los días y fui escuchando los sucesivos testimonios e ingresando más y más en los pormenores de la historia, comprendí que, por una razón u otra, en aquel tribunal no estaba diciéndose toda la verdad.

—¿A qué se refiere? —pregunté.

Hunter bebió el resto de su brandy, miró el fondo de la copa y, sin alzar la vista, me interrogó:

—¿Por qué rindió usted su ejército en Buenos Aires, general?

Tomé este bastón que siempre me acompaña y me incorporé, dispuesto a darle fin a la conversación.

—Ya le he dicho a usted, señor Hunter, que no poseo más el cargo de general. En cuanto a su pregunta, remítase a lo que dije durante el proceso.

—Señor Whitelocke —indicó el irlandés—, estoy a punto de publicar en el *Times* la nota más importante de mi carrera: los reales motivos de la capitulación inglesa en el Río de la Plata en julio de 1807. Sólo que antes de hacerlo necesito que usted confirme algunas cosas.

Caminé dos pasos, tomé la botella de brandy y llené la copa del hombre. Luego serví generosamente en la mía. De inmediato, volví a sentarme.

—Los reales motivos de la capitulación inglesa en el Río de la Plata no son otros más que los que todo el mundo conoce —dije.

—Lo siento, pero tengo dudas sobre eso.

—¿Está usted diciendo que soy un mentiroso, señor Hunter?

—No exactamente. Tal vez haya dicho usted la verdad, pero no toda la verdad. Hace más de siete meses que estoy investigando los hechos. Y la versión oficial no me complace.

Recuerdo que bebí el brandy casi de un solo trago.

—Lo escucho —dije después.

El hombre también bebió parte de su copa, pero de una manera más moderada. Entonces explicó:

—Tengo algunas amistades en el Ministerio de Guerra, así que no me resultó muy difícil obtener una copia de sus antecedentes, general.

—Whitelocke a secas, por favor.

—Como usted prefiera. He estudiado muy a fondo su actuación en Antillas, aquellos catorce años durante los cuales atravesó usted todas las experiencias por las que puede atravesar un soldado. Más allá de lo expuesto por el general White durante las sesiones del juicio, salta a la vista que usted ha sido un militar aferrado a la más apretada disciplina, y que ha sido además tenaz y valiente en cada una de las acciones de combate en las cuales debió participar.

Hunter hizo una pequeña pausa para beber.

—Incluso aquel asunto con el general francés Laveaux, al sur de Santo Domingo, que tan oportuno fue a los fines del fiscal Ryder durante el desarrollo de la corte marcial, creo que fue malinterpretado, posiblemente de modo intencional. Tal vez aquel episodio en las cercanías de Jeremie haya sido la muestra de una inteligencia mayor que la normal en filas del ejército. Estoy seguro de que usted no es un cobarde ni un pusilánime ni un incapaz, y que tampoco es alguien indigno de servir a la Corona, como se afirma al pie de la sentencia. Todos sus antecedentes demuestran que tengo razón.

—Debo agradecer sus palabras, señor Hunter.

—Muy bien. Pero la pregunta está sobre la mesa: si no es usted ni un tonto ni un débil ni un medroso... ¿por qué se rinde después de un día de combate, teniendo en su poder algunos puntos claves de la ciudad y con casi cinco mil hombres listos para proseguir la lucha?

—La defensa de Buenos Aires fue algo magníficamente armado. Jamás pude suponer que hasta los niños y los esclavos iban a...

—General Whitelocke, por favor... —interrumpió el irlandés—. No estamos en Chelsea. No emplee ese discurso conmigo.

Golpeé fuertemente mi bastón contra el piso.

—¡No soy general, señor Hunter!

—Lo siento, no puedo evitarlo. Me es imposible apartarlo de su grado. En estos meses he revisado palmo a palmo la versión escrita de su juicio. He hablado a solas con algunos de los que fueron sus oficiales. He pasado dos tardes con el propio general Beresford. Me he trasladado a Portsmouth para conversar con ciertos negreros y contrabandistas que conocen muy bien Buenos Aires. Hasta he llegado a tener una larguísima entrevista con un carpintero español que vivió once años en el Río de la Plata. En estos meses, y sin que usted lo supiera, he sido algo así como una sombra hurgando en su pasado.

—Veo que tiene usted el apellido bien puesto, señor Hunter. Pero, dígame una cosa: el despliegue de toda esa actividad que describe... ¿le ha servido finalmente de algo? —quise saber.

—Espero que sí. Creo tener una explicación sobre aquel misterioso e infortunado final de campaña.

—Pues no puede saber usted con qué interés me dispongo a escuchar su explicación —dije, tratando de mantener un tono bien firme. Hunter, entonces, expuso el total de su idea.

—El comercio en Buenos Aires es enteramente monopólico. España no desea competencia en aquellas tierras. Todo descansa, pues, en un grupo de comerciantes peninsulares, en su mayoría de origen catalán; son, por supuesto, la cara oculta del poder verdadero. Por otro lado, existe el contrabando. El contrabando mueve enormes sumas de dinero y se halla, claro, en manos inglesas. He pensado que ni a los catalanes ni a la Logia le suena conveniente que haya cambios en tal situación, tomando en cuenta que las uñas de la Logia seguramente deben rasguñar en buena medida las cajas del contrabando.

—¿Y entonces? —pregunté.

—Pactaron, general Whitelocke. La Logia y los comerciantes de Buenos Aires pactaron.

Pensé en corregir una vez más el error de ser llamado general, pero resolví que sería un intento absolutamente inútil.

—No alcanzo a comprenderle, Hunter —afirmé con absoluta sinceridad—. ¿Qué es lo que pactaron?

—Creo que sí comprende. Pactaron el fin de la guerra, la capitulación y el retiro de nuestras tropas.

Miré al irlandés con pena.

—¿Y ese supuesto pacto decidió entonces la suerte de la expedición entera y mi actual destino?

—Lo creo posible, señor.

—Debería usted beber con mayor moderación, Hunter. El alcohol está causando estragos en su cabeza —señalé.

—General Whitelocke —dijo el cronista ignorando mi sarcasmo—, dígame que estoy en lo cierto y mañana mismo verá en la tapa del *Times* una nota titulada "La conspiración de los catalanes", donde contaremos lo que realmente sucedió y donde se lavará su nombre para siempre.

El irlandés logró arrancarme una sonrisa. Era un joven fogoso y parecía estar movido por buenas intenciones, pero su carácter denotaba una irremediable tendencia hacia la confusión.

—Es usted una persona muy singular, Hunter. Hasta el título de la noticia ha pensado. Pero lamento decir que está cometiendo un error enorme.

—Necesito saber la verdad, general.

—Pues ya la sabe. No hay más verdad que la que ya se ha dicho.

—Creo que sí existió una conspiración, señor.

—Le ruego que reflexione, Hunter. Nada de lo que usted afirma guarda sentido alguno. ¿Acaso es posible pensar que yo pude cambiar órdenes directas del Primer Ministro y del mismísimo Rey, por otras dadas en mitad del asalto a la ciudad por algún miembro de la Logia de Buenos Aires? Piense: la orden tiene que habérseme dado luego del 5 de julio, cuando ya habíamos perdido más de mil hombres. ¿Por qué esperar hasta ese punto para realizar un pacto? ¿Acaso las gentes de la Logia no sabían que íbamos a combatir? ¿No lo sabían los comerciantes de Buenos Aires? ¿Por qué no pactar tres días antes, una semana antes, un mes antes? ¿Comprende? Y todavía hay algo que no respondió: ¿Posee la Logia en Buenos Aires mayor poder que Londres, como para obligarme a torcer mis órdenes?

—Tal vez sus órdenes fueron modificadas desde la misma Londres. Porque no olvide que cuando partió usted hacia el Río de la Plata, Windham ocupaba la cartera de Guerra y los whigs estaban en el poder, pero en el momento del ataque a Buenos Aires ya era Castlereagh el ministro de un nuevo gobierno tory. Puede usted haber recibido la orden más tarde de lo previsto, por ejemplo.

Al menos, un día más tarde, habiendo ya iniciado el asalto a la ciudad.

—Reconsideremos estos asuntos, Hunter: Londres cambia de gobierno y de opinión. Entonces resuelve, en medio de una operación ya lanzada, que la guerra vuelva atrás. Luego yo entrego las banderas al enemigo, evacúo toda la zona y marcho en silencio hacia una corte marcial que me deshonra y me expulsa del ejército. Y todo esto para asegurar la continuidad del contrabando en el Río de la Plata, en lugar de anexar directamente la zona al Imperio.

El irlandés no pronunció palabra alguna.

—¿No suena un poco descabellada toda esta historia, señor Hunter? —pregunté.

—Sí, pero sólo desde el particular punto de vista que usted le imprime, general. Insisto en que no pudo rendirse usted porque sí. Debió existir algún tipo de negociación.

—Pues no hubo tal cosa.

—Algo, señor Whitelocke, y mucho apreciaría que pudiese aclararme usted qué, obligó a un teniente general a capitular con una gran flota y diez mil hombres frente a una ciudad casi sitiada. Algo, señor Whitelocke, más allá de los planes errados y de la heroica resistencia encontrada, obligó a un teniente general a no dar órdenes de bombardeo sostenido sobre la plaza, cuando la suerte de la batalla aún no estaba del todo echada. Con pacto o sin él, algo ajeno a ese general hizo que todo fracasara.

Enseguida agregó:

—Y no puedo imaginar ese algo fuera de los pasillos del gobierno inglés, señor.

Me incorporé lentamente y con una de las barras de hierro removí las brasas, que estaban mal distribuidas.

—¿Quiere saber qué pienso, señor Hunter? Pienso que ha trabajado usted mucho en este asunto, pero que en verdad no tiene nada concreto en sus manos. Creo que ha venido a esta casa como quien sale en excursión de pesca. La mala noticia para usted, señor, es que no hay ninguna presa en las inmediaciones.

El irlandés sonrió.

—Sin embargo, general, no ha negado usted nada de lo último que he dicho.

Las brasas crepitaron al contacto con el hierro. Una chispa saltó con fuerza y quemó una pequeña porción de alfombra.

—Señor Hunter —dije al fin—, si yo le preguntase quién es, a su juicio, el militar más capaz de esta nación, ¿qué respondería usted?

—Que hay muchos militares capaces en esta nación, señor.

—De acuerdo. Pero si debiera usted elegir a uno, a uno solo, ¿a quién nombraría?

—Supongo que al general Wellesley.

—Wellesley. Perfecto. Ahora voy a contarle a usted algo que por lo visto sus amistades de la Secretaría de Guerra se han guardado bien: hacia fines de 1807, cuando Londres supo de mi fracaso en el Río de la Plata, se preparó una gigantesca operación militar en el puerto irlandés de Cork. En esa operación se embarcaron casi once mil hombres. Existían planes muy concretos de ataque, políticas a seguir en los territorios conquistados y hasta fecha posible de desembarco. Destino de la empresa, señor Hunter: la ciudad de Buenos Aires, en el sud de

América. General a cargo de la planificación, toma de la plaza y ulterior conformación de un gobierno en el lugar: Arthur Wellesley, el mismo que usted designa como el militar más capaz de la Gran Bretaña.

El irlandés se llevó una mano a la frente.

—Había oído algunos comentarios sueltos sobre este asunto, pero nunca pude confirmarlos.

—Confírmelos ahora, Hunter, porque así fueron los hechos. La invasión finalmente no se produjo, pero por una circunstancia del todo casual: Madrid se alzó contra el hermano de Bonaparte justo cuando los barcos estaban a punto de soltar sus amarras del puerto de Cork. Esto llevó a Londres a pensar que lo más conveniente era ayudar a los españoles contra Francia en lugar de arrebatarle colonias, por lo que la expedición de Wellesley fue desviada a Portugal.

Hice un silencio, pero el irlandés no realizó comentarios. Entonces concluí:

—Dígame usted entonces, señor Hunter, ¿por qué insensatas causas el gobierno inglés, a través de un pacto o sin él, ordenaría a un general arriar todas las banderas para enviar, en poco tiempo, a otro general a que tomara la misma plaza abandonada antes por el primero? Y tenga usted en cuenta, en su análisis, que el segundo general no llegó a destino sólo por una fortuita razón de variaciones políticas.

El cronista llevó su mirada a la atracción de las brasas crepitando y allí la dejó, sin romper el silencio.

—Deseo agregar algo más, señor Hunter: no creo que usted no estuviese en dominio de los asuntos que acabo de referirle, por lo que refuerzo mi teoría sobre su excursión de pesca.

Hunter sonrió una vez más, esta vez de un modo casi forzado.

—Es usted un hombre inteligente, general.

—Gracias. Recomiendo con gran fervor ni siquiera insinuar en su periódico las cosas que ha dicho en esta casa. Sospecho que sus jefes no juzgarían propicio hacer el ridículo. Y ahora, si no dispone usted nada en contrario, señor, estimo que nuestra conversación ha llegado a su fin, de modo que voy a acompañarlo hasta la puerta.

El irlandés dejó el sillón y apoyó la copa vacía sobre aquella mesita. Entonces se colocó frente a mí.

—Nunca voy a comprender por qué razón los miembros del tribunal que lo juzgó no hurgaron más profundamente en usted. Yo lo hubiese hecho sin dudar —comentó.

Y luego quiso saber:

—General Whitelocke, ¿no piensa contar jamás por qué prefirió este destino a arrasar la ciudad de Buenos Aires?

Tomé el abrigo del irlandés y se lo entregué. Después aferré uno de sus brazos y, con absoluta delicadeza, llevé lentamente al hombre fuera de la sala.

—Jamás, señor Hunter —respondí.

XLIII

Reflexionando un poco, almirante, no estoy del todo seguro con respecto a la inexistencia de Dios. Ese tipo de pensamiento me deposita ante el más aterrador sentido de desamparo. Y puedo asegurar a usted que no necesito de eso; tal sentido es algo que por estos días viene sobrando.

XLIV

Ésa es la historia completa, Ashley; la real, la desconocida, la que ni los jueces ni el *Times* siquiera imaginan; aquella que usted ciertamente no divulgará. Su tenaz silencio indica con claridad que desaprueba usted mis conductas y mis opiniones, pero mantengo la esperanza de que en el fondo más oscuro de su espíritu existan deseos de comprensión.

He preferido quedar como ruin e incapaz y no como alguien con el corazón débil. Tal vez no sea sencillo de interpretar, pero sé que en las honduras de los hombres la debilidad del corazón es el pecado más execrable. ¿Quién hubiese atendido mi negativa a demoler una ciudad para no demoler la constitución de mi alma? No estaría yo dispuesto a apostar un céntimo de libra a que alguien fuese capaz de entenderlo.

Yo mismo, más allá de cualquier sentencia, me declaro hoy inepto para las actividades de tono militar. He reflexionado sobre el destino, sobre la guerra, sobre la vida y sobre la muerte; y la reflexión queda arrinconada contra el gatillo de los fusiles. Pienso que un jefe no debe llevar su pensamiento hasta tan intensos abismos, porque en las propias preguntas puede hallar la negación de su pasado y de su destino; un jefe no debe leer a Shakespeare, almirante, porque después de leer a Shakespeare resulta imposible quedar en la superficie de los asuntos. Y si uno decide cavar hondo, si uno decide violar partes de su propia historia, si uno decide que la duda es la única certeza que verdaderamente nos acompaña hasta la tumba, entonces ¿cómo puede comandar a miles de hombres en una batalla? ¿Cómo puede enviar a miles de hombres a la muerte?

No, Ashley. No soy el que fui. No soy lo que fui. No debo ser lo que ahora no soy. Por eso está bien que sea hoy un ex militar degradado, un futuro fantasma en la historia de las armas británicas.

Venga, almirante. Venga, por favor. Acérquese ahora conmigo a estos ventanales. Observe. Ya es muy tarde. Londres se prepara para descansar. Esto, naturalmente, es sólo un modo de decir las cosas, porque en realidad Londres nunca cierra del todo sus ojos: permanece en cierto estado de vigilia, ya que desde que el mundo es mundo ése es el único modo de sustentar un imperio.

¿Qué planes trazaría usted hoy para aquellas remotas tierras de los Buenos Aires? ¿Qué idearía usted, Ashley, para que la desgraciada empresa de John Whitelocke no acabara siendo el fin sino el principio? Cuestiones para amantes del ajedrez, almirante: ¿cómo someter y mantener tan vastas zonas sin riesgo de perderlo todo de nuevo?

Si yo fuese Londres —que por fortuna no lo soy—

descartaría totalmente cualquier nueva acción de tipo militar. La descartaría por compleja, por riesgosa, por innecesaria. Echaría entonces mano a los distintos recursos políticos, diplomáticos y comerciales que están bien a nuestro alcance. Dividir para reinar. Liberar para someter. Un cierto retorno a Popham, Pitt y compañía. Aunque a diferencia de sir Home, yo no pondría a la vista un solo uniforme rojo. Descargaría toda la responsabilidad en el sistema de espionaje y en las distintas vertientes de la Logia. Luego sería el turno de los diplomáticos para, finalmente, dejar abierta una entrada triunfal a las gentes del comercio.

Si yo fuese Londres —que por fortuna no lo soy— apoyaría, alentaría y financiaría distintos focos de insurrección continental. Los encendería y los alimentaría, sí, pero desde la sombra. Que mi rostro no fuese visto; que mi mano marcara las pinceladas más finas. Yo escribiría en un papel la historia de aquellas tierras, historia que luego me encargaría de poner en escena. Yo inventaría países, Ashley. Permitiría que jugaran con la idea de autonomía, que crearan sus banderas y sus prohombres, que se creyeran dueños de sus destinos. Pero elegiría sus reyes o sus gobernadores y pagaría esos sueldos de mis propias cajas. Piense usted que la manera más efectiva de mantener a un hombre como esclavo es hacerle creer que es libre.

Sostendría así esos territorios salvajes en mi puño hasta el fin de los tiempos, fomentando, incluso, guerras entre ellos para que fuesen cristalizando identidades. ¿Quién podría echarme, Ashley? ¿Ante quién debería rendir mi espada en algún futuro día? Permanecería yo en todas partes y en ninguna. Procedería como el viento, que doblega los árboles aun siendo invisible.

Pero por fortuna, querido amigo, no soy Londres. De manera que estos asuntos están completamente alejados de mi competencia. Sin embargo, no puedo pensar en estas materias sin imaginar cómo será el mundo en el futuro. Alguien, tarde o temprano, someterá a Bonaparte. Todos sabemos que es una cuestión de tiempo. Alguien, tarde o temprano, romperá con España allá en el sud; también es una cuestión de tiempo. Si Gran Bretaña actúa con aquellas regiones tomando alguna de las ideas que acabo de verter (a juzgar por lo que ha escrito Castlereagh hace un tiempo, no parece algo del todo descabellado), me complacería fantasear un poco con nuestro amigo sir Home Popham. Podría entonces imaginar su espectro, en cincuenta o tal vez en cien años, sobre el puente de mando de un navío nebuloso y por cierto inexistente, las velas de bruma desplegadas al viento, sonriendo el comodoro satisfecho al comprobar que sus sueños finalmente han mudado en realidad.

Y nada más para decir. Hace rato que estoy viendo de qué modo mira usted su reloj, Ashley, así que supongo que ha llegado el tiempo de poner un punto final a nuestra conversación. Es de verdad muy tarde, aunque no puedo menos que lamentar que aquí nos detengamos. Lady Ashley y sus hijos, con toda seguridad, estarán extrañándolo. De verdad que mucho le agradezco su visita; no podría usted comprender hasta qué punto ha beneficiado a mi alma. Llamaré de inmediato a Anne, para que traiga su abrigo. Tal vez resuelva visitarla a ella esta noche en su alcoba; es algo sobre lo cual debo meditar. Es muy posible que después decida pasar el resto del tiempo recordando un poco a María. Eso sí, almirante, no pensará usted abandonarme sin beber, al menos, una última copa de brandy, ¿no es así?

EPÍLOGO

Aunque, más allá del brandy, creo que buena cosa será saber que usted, almirante, no saldrá de esta casa siendo el mismo hombre que ingresó a ella, hace apenas unas horas. Su rostro así lo dice; sus silencios así lo dicen. Comprendo perfectamente que sea de ese modo, puesto que sus oídos han debido tolerar palabras desacostumbradas, rigurosas palabras —algunas de ellas— que bien intuyo pueden haber incomodado su ánimo. Si así hubiese sido, pido humildemente disculpas y sólo aguardo su absolución.

De todos modos, si quiero ser abiertamente honesto, no es su absolución lo que más anhelo. Tampoco anhelo la absolución de la Historia ni, al fin, la de Dios, cualquier cosa que resultase aquello que denominamos Dios. Me basta con el indulto de mi corazón, asunto que, por otra parte, ya he logrado.

Cuando usted abandone esta casa, Ashley, sólo tendré por delante la noche y el futuro incierto. El resto, como diría nuestro querido amigo Shakespeare, será silencio.

Por última vez, entonces, levanto mi copa junto a la suya. Desearía que me acompañase usted en un brindis extraño; así lo califico, ya que lo usual es brindar a la salud de las personas. Hasta donde mi memoria alcanza, no puedo recordar a nadie que haya bebido jamás en honor de un objeto. Modifiquemos eso, almirante: hagamos que estos cristales choquen entre sí y deleitémonos con el resto de este brandy, deseándole muy larga vida a aquella chaqueta roja del capitán George B. Sternwood, allá en Antillas.

OTROS TÍTULOS DE LA COLECCIÓN
NARRATIVAS HISTÓRICAS

Luna federal. Las mujeres que desobedecieron a Urquiza
Susana Bilbao

Cuyano alborotador. La vida de Domingo Faustino Sarmiento
José Ignacio García Hamilton

El informe. San Martín y el otro cruce de los Andes
Martín Kohan

Camila O'Gorman. La historia de un amor inoportuno
Marta Merkin

En nombre de Dios. La cruzada de un jesuita en tierra americana
Patricia Sagastizábal

Vida de un ausente.
La novelesca biografía del talentoso seductor Juan Bautista Alberdi
José Ignacio García Hamilton

Confesiones de un dandy.
El Buenos Aires de los '20 en el diario de un paseante
Danilo Albero

El fueguino. Jemmy Button y los suyos
Arnoldo Canclini

El traidor. Telmo López y la patria que no pudo ser
Horacio Guido

Felicitas Guerrero. "La mujer más hermosa de la República"
Ana María Cabrera

Memorias de Adriano
Marguerite Yourcenar

Las tierras exuberantes. En busca del Paraíso Terrenal
Miguel Betanzos

Las cuatro estaciones de Manuela.
Los amores de Manuela Sáenz y Simón Bolívar
Victor Von Hagen

El cronista perdido.
La historia oculta de Francisco Pizarro y la conquista del Perú
Hugo Müller

La voz de la Revolución.
Juan José Castelli, gloria y ocaso de un jacobino americano
Jorge Zicolillo

Lo dulce y lo turbio. Crimen y castigo de Don Pedro de Mendoza
Esteban Cabañas

Mis olvidos. Lo que no dijo el general Paz en sus Memorias
Dalmiro Sáenz

El corazón de piedra verde
Salvador de Madariaga

La Perricholi. Una reina para Lima
Bertrand Villegas

La Condoresa. Inés Suárez, amante de don Pedro de Valdivia
Josefina Cruz de Caprile

Dominga Rivadavia. Entre la pasión y el escándalo
Eduardo Gutiérrez

El corsario del Plata.
Hipólito Bouchard y su viaje alrededor del mundo
Daniel Cichero

La fiebre del mate. Contrabando de yerba en el Virreinato
Hugo Müller

La última carta de Pellegrini
Gastón Pérez Izquierdo

Matar al Virrey. Historia de una conspiración
Miguel Betanzos

Hijo del Sol. Túpac Amaru, el último inca
Daniel Mastroberardino

María Josefa Ezcurra. El amor prohibido de Belgrano
Carmen Verlichak

Juan de Garay. El conquistador conquistado
Josefina Cruz de Caprile

La Peñaloza. Una pasión armada
Marta Merkin

La patria de las mujeres.
Una historia de espías en la Salta de Güemes
Elsa Drucaroff

El amante de rojo.
Una historia de cuando Buenos Aires fue británica
Alejo Brignole

La emperatriz del adiós
Miguel de Grecia

Cristián Demaría. Más allá de Felicitas
Ana María Cabrera

Amadísimo patrón. Eugenia Castro, la manceba de Rosas
Susana Bilbao

Los cautivos. El exilio de Echeverría
Martín Kohan

Remedios de Escalada.
El escándalo y el fuego en la vida de San Martín
Silvia Puente

Sissí.
La novela de Elizabeth, emperatriz de Austria
Agnès Michaux

Jaque al Virrey.
Memorias curiosas de la Revolución
Jorge Higa

Don José. La vida de San Martín
José Ignacio García Hamilton

Emiliana Castro. La mujer que burló a la Mazorca
Martha Edith Silva

Américo Vespucio. Hacia un mar de siete colores
Miguel Betanzos

La Ñusta Ortiz.
Vida y amores de una princesa inca
Julio A. Sierra

Vieytes, el desterrado
Francisco N. Juárez

Trinidad Guevara.
La favorita de la escena porteña
Carmen Sampedro

Esta edición de 10.000 ejemplares
se terminó de imprimir en
Artes Gráficas Piscis S.R.L.,
Junín 845, Buenos Aires,
en el mes de marzo de 2001.